思索阿邦·卡露斯

舞鶴

驚喜的報償
——《思索阿邦．卡露斯》讀後

金恆鑣

初時我們不知道作者在寫什麼因為他天馬行空漫無章法但是只要你有耐心突破大約十來頁大關便可得到驚喜的報償一下半自動墜入作者的文字陷阱中而大呼過癮甚至沾染作者的氣息如他的寫作筆法而寫出像這樣的文字來……

簡單地說，《思索阿邦．卡露斯》一書是作者舞鶴在一個叫「好茶」的部落及其上的廢墟古茶布安的地方的生活與思想記錄，書中主要人物除作者外還有三人：一個「發願後半生以攝影『專業魯凱』」的素人攝影家阿邦，有心以文字記錄魯凱文化的卡露斯先生，以及想尋根的都市化了的原住民女性貞小姐（作者的分身？）。

本書風格獨具，富原創性，令人眼睛為之一亮。它有幾個突出的特點，讀者最先發現的是難讀：其奇特的文字結構足教你腦筋打結，所幸它有夠長的篇幅來贏取讀者的心，能讓讀者不論開頭時多麼不悅，一會兒後便不得不服膺作者的文法筆法，努力習慣他的怪，乖乖看下去。事實上作者匠心獨運到連標點符號也有他霸道而新穎的用法，如此獨特令筆者在讀此書時不時想：這樣具個人特色的書教人如何翻譯成其他語言？

本書特點之二為使用西方文學寫作技巧來寫非常本土的東西，例如作者運用魔幻寫實的筆法來描寫原住民老婦，很是純熟自然；事實上，本書的魅力之一即在於作者有像嘉西亞・馬奎斯一樣的在胡說八道時還一本正經的本事。

本書的特點之三為其敘述大量運用嘲諷，嘲諷中不乏幽默，這些幽默有許多是頗具當代性的犀利控訴，內裏並有作者自己的理念或理論。乍看之下本書彷彿沒有主旨，但作者是在處理一個很大的主題：探索在歷經外在與內在殖民過程之後的台灣的本質。這樣沉重嚴肅的題材卻因作者戲謔的筆法而顯得詼諧有趣但不失深刻，有時且痛快淋漓，教人拍案叫絕。

由於作者的筆遊走於小說家、散文家、詩人之間，或紀實與虛構之間，它有種異樣的美，有時美得令人嫉妒，並且詩意處處。同時，作者在發議論時隨時爆發驚人之語，簡直是百無禁忌；凡此種種都頗具吸引力。

筆者認為最可貴之處在於：本書以相當文學的手法描繪了原住民的生存狀況，同時也逼使讀者去思考目前的（以及歷史的）漢人與原住民的關係（其實書中的人物一直在進行漢人與原住民之間的對話），較諸許多有關原住民的直截了當的報導作品，本書更具有說服力與震撼力。

總之，本書在當今文壇上閃著異樣的光彩，是無法預期的一件令人驚喜之作品。

金恆鑣，林業試驗所研究員，東亞及太平洋區域長期生態學研究網委員會主席。

目次

思索阿邦・卡露斯

初識阿邦和卡露斯先生

我在同一個深夜，在離霧台公路兩小時車程的深山部落大武，初見阿邦和卡露斯先生。我跟著同來研究山地文化的領隊介紹阿邦是：單打獨鬥的「攝影家」，最近不知為什麼迷上魯凱。（自從十九世紀後半葉馬列合作成功「工農」兩個階級成為社會的選民後，有良心的知識份子乃至搖筆桿的人都愧疚到：「我一直沒有停筆，現在我用鋤頭寫詩」「寫作也是一種勞動」「倒在血泊的筆耕者」等等、等等。（比如我絕不敢自稱是常時坐在家裏的「作家」，必要時我自介是個「文字工作者」。）因此你尊他是「攝影家」，人家不一定高興，「——這位是攝影工作者阿邦！」他就歡喜、慚愧又自得的接受。（新近，我在住居巷口附近發現一種「衣的藝術工作者」，像這樣你就不宜稱她是

「服裝設計家」。）今夜，攝影工作者阿邦百里機車到這內山部落為的是明天拍攝他的好友卡露斯先生一位近親的「傳統婚禮」。因為肚餓，我們爬到部落最高處一幢富麗的三層樓建築彷彿整棟全是花岡岩打造的，旁邊矮著雜貨店，我們向大建築小雜貨的女主人買了泡麵在庭前觀景台原木桌圍吃，望下去是高矮起伏的水泥洋房間夾少數幾家石板屋，麵哈到一半，聽見嚎大的女人哭聲穿透前排的石板屋頂，耐不住好奇紛紛棄了深山泡麵跑下去探個究竟，原來是新娘的家屋內坐著四、五個婦人同時在掉淚，主角是兩位互相掐肩抱臂的又哭又喊的中年婦人，我們被那嚎嗷弄到臉色蒼白不知發生何等的悲傷，（我們這些外來者主要包括一組南部大學山服務員，另一組北部大學的大眾傳播系學生，山服務隊當然一例是「觀察員」的威嚴，大傳系的主要來看看電視媒體「是否真正占領了深山部落」。）我們徘徊在窗口與矮低的門間「關心」，不意這時突破門外圍堵看的人體大剌剌走入去攝影工作者阿邦，舉起相機鏡頭就「恰擦」了幾張，好在他那閃光燈三次有兩次沒亮，好讓哭泣的女人停下來妝了一下眼尾霜。我擠出圍包包，喘一口氣，見一青年魯凱倚在芒果樹下，我趨前請問，「發生什麼傷心事啦？」那張臉在下垂的芒果青間綻開微笑，「不是什麼傷心，是感動高興到——套一句你們的話說是『喜極而泣』。」因為其中一位是少女時代嫁出部落的，直到今晚才得回娘家與姐妹多年生死相見，（後來我才了解魯凱女人的眼淚像北大武山泉瀑布那般自然豐沛，不像都市女人成天苦著一張妝臉淚水不准流下一滴怕壞了臉妝。）卡露斯先生在「午夜快樂」的同歡共飲會中宣布：山服務隊「來上我們課」的時代已經過去了，「現在你們來是要來學習我們，」學習怎樣看山、看雲、看星星，「明天婚禮前我們會殺豬，」——學習我們怎樣殺豬、怎樣分配豬肉。

當夜，我睡在卡露斯岳丈的小石板屋，石板長年由地底沁出的涼透過睡袋滲到脊背，我身旁睡袋裏的女孩躺下不久就長笛著鼾聲，但真正讓我一夜失眠的是從午夜到凌晨斷續在一石板之隔的巷道來回奔走的赤腳聲，那赤腳的主人嘴裏還帶著殺氣可惜多是他的母語發音，只在殺氣騰騰到要讓自己奮不顧身可是臨了最後一隻腳還是踏不出去時就用「台語三字經」來發洩同時狠狠跺著那隻腳，我當時瞪著夜的青灰汗流滿面怕他不小心撞破房門殺入來直到他一直「幹你娘」到底才一口噗笑出來，（至今，我不曉得魯凱是不是有三字經，有的話魯凱三字經怎麼說？但那時我幾乎可以確定「台語三字經」的聲韻氣味一定有勝過他母語多多，不然不會在最激動的關頭使用「外來語」。（後來，我又明白一事：凡事都有它娘的規律，出現一個鬧事的人，必跟著黏著另一個勸他、拉他回去休歇的人，兩個人在我身旁巷道來去同時一硬一軟對話著我聽不懂的母語，直到破曉的鼠灰色中新娘屋那頭傳來年輕女人的哭泣聲。）我們坐在巷道兩旁平靜吃著早餐，沒有人提到半夜的騷亂，大概大學生年輕人的心靈純淨身體好睡，不過睡我身旁那女孩悄聲問我：為什麼他們罵人時要用我們的話？我不知如何以對，只是心想我們的三字經果然厲害到穿透鼾聲達到淑女的耳膜。這時，阿邦捧來一疊他新開發的「魯凱照」，我說剛吃飽不如先看殺豬助消化，阿邦欣然同意他難得有機會拍攝全套「魯凱人活殺豬生活影像」。殺豬場就在新娘家門口斜右三尺處巷道，一隻公豬被四個男人拉扯到殺場，一人用粗繩勒住豬頭拉緊在前方，一人兩手扯緊綁住豬腳脛的繩子在後方，一人執著傳統番刀走近來直直對著豬頭你以為他要刺下去的剎那他跪下半身那刀就不二響只有豬嚎一聲刺入牠的喉嚨，公豬畢竟如公的男人不是可以一下就這樣甘心的，牠蹬腿蹬到翻個大身壓壞巷道旁堆的一些壺罐什麼，拿短刀的第四個男人就撲上去在牠肚皮、肚腩、背胛肌甚至大腿根處胡亂戳了幾刀，（我想「胡亂」是用錯了詞，至少會錯了意，據說這時需要的只是「胡來亂刺個不停就是」。（我發現遠遠觀「殺豬之禮」的女生都青了臉，近看的「觀察者」男生也僵直了背，指掌捏得好緊，若是火雞蛋給他捏一打當場捏碎沒留半個。）犧牲倒地不動，（牠最後一動是小腳抽搐，更前是生殖器微抖了一下下，）殺者即時鬆了牠綁，一人拿來瓦斯噴罐火噴豬毛，同時另一人拿刀刃刮淨——我們只看到這裏，因為卡露斯爽朗的聲音響在巷道另頭，大家走過去經過新娘家時內裏安靜無聲應該都在補眠以待等會兒新郎人馬的到臨，之後我們看見睡眼惺忪面肉半垮的卡露斯才記得環山果然早起的雲霧，那霧氣的清鮮還不時拂到臉上。

我在小石板屋簷內緣就著晨光坐看阿邦的人像照。我感覺這些人像照拍出了魯凱人的「本相」之美，訝異之餘我問了一些拍攝的過程。大部分阿邦用標準鏡頭對準人像正面，小部分阿邦做人像的側面特寫，有時因為遲遲不按快門，或按了幾次快門還不放人，對象本身就自然鬆懈下來，雖然身軀臉部保持不動，但他的心思游離到另一個時空，雖然他面對著鏡頭，仍是一雙有神的眼睛，但你仔細看會發現在那眼神中蘊含著「空茫」，這「空茫」或「萬有存在的空無」臉相，常常令阿邦拍出了人像照中的傑作。（擺姿勢的缺點在於超出人像的本來，像一個雕刻式的表演動作，或濃妝後僵硬的臉。聽說有個名攝影家限定她拍照「各行各業的名家」一定要抬高下巴凝望遠方，說是這樣被拍的人才有精神和未來，這種「仰望」的人像照便成就了她的攝影商標。）好在，阿邦不會強勢要人擺姿勢，最多他只是小聲喊「站在這裏」「下巴放正」，他在人像的自然動靜之間選擇某個時刻按下快門。（當然阿邦是不懂「仰望」的意義何在，我也不懂——到底要我們仰望什麼呢？如果有一天碰見這位「名攝影家」一定問清楚：這問題顯然很重要，因為她強迫許多人「名人」仰望，也要我們更多的人仰望那些「名人的仰望」。（嚴重到瞻仰過她照片的朋友，喝咖啡時一直失魂落魄，後來才語重心長的說，「原來我一輩子都在仰望。」）我告訴阿邦：最好的人像照可能是在對象有意識與無意識吻合的瞬間按下快門。阿邦說他沒想過這些，只是用心拍了就是，倒是「你是第一個仔細看我照片的人」。我問阿邦拍了這些魯凱人像給誰看，阿邦支吾半天；我說是不是可以不學都市藝術家的習氣，是不是可以就在魯凱原鄉讓魯凱人看到自己的形象？阿邦說他好像沒有都市人、尤其藝術家的那種他也不曉得是什麼的習氣。「就在部落辦個魯凱影像首展吧，」我說。

我不確定阿邦是否聽清楚最末這句話。新郎的人馬已經開到巷口，阿邦衝出去迎接他的影像新世界。我不忙收拾好阿邦的人像照，還細細看了其中一張盛裝的中年魯凱鷹羽頭飾百合花背後是模糊的山巒叢林。當我走出石板屋，見山巒叢林間清晰走來一隊盛裝著傳統服飾的男女，黑底黃色紋飾著人頭百步蛇，琉璃珠在女人胸前晃漾，鈴鐺聲不斷從手腳流蘇間響來，——剎那間我感覺身處在異鄉國度，眼前這個族群的文化顯然與我們不同根不同源，而我幾乎忘記他們在這塊土地上比我們早存活了千年萬年。（我的「思想」就停留至此，因為「感覺」要我去體會他們的頭飾、服飾以及手足動作之美。）

我走入巷道盛裝熱鬧的人群中，連讀小學年紀的兒童魯凱也渾身閃現著色彩之美，更不用說戴著頭冠全套衫裙的少女了；阿邦擠入石板屋內拍攝婚禮傳統儀節，而我流連在巷道這裏那裏，不知何時我有一雙懂得凝視、感覺同時想像的心靈的眼睛，這心靈之眼所凝視過的不管當時多麼激動都沉澱下來成為經驗的底層，直到我穿過種種色彩、種種粗獷或柔美的聲音、種種花或胭脂的芳香，走到巷道另頭撞見排在地上整整三列橫隊的豬肉，每一份豬肉底下墊著月桃葉，我蹲下來感覺眼前肉的腥香，它細緻鮮嫩的里肌，不斷滲出葉子淌到水泥地的血液，直到我把每一份里肌血肉拚湊起來見到那頭活生生的全豬，我站起來重新穿過人群，花粉帶著正午陽光的氣味，汗珠讓女人的胭脂自髮鬢、腋下潛流開來一條泛著異香的巷道。我回石板屋補眠，雖然婚禮人群嘈雜我很快入睡，睡夢中昨夜來回奔跑的是一雙踩踏石板巷道輕重勻稱有致的女人赤足，每一次來回從窗口飄入來一股夜的暗香。

我在圍舞的音樂聲中醒來。遠遠見卡露斯先牛盛裝肩披著海青在廣場中圍舞，舞步前伸後頓左右交叉一再反覆，有一種舒緩連綿的美感，（後來，我有多回觀看圍舞的時光，常常坐在一旁一看就到黃昏，也許那種「舒緩連綿」的節奏貼近我的內在。阿邦是不坐下來靜靜看著的，圍舞的兩三個小時間，他可以一直發現值得一拍的對象。（「圍舞者」與「鏡頭中的圍舞者」有所差別嗎？我想到這個問題，類似「圍舞者」與「觀照中的圍舞者」有何分別嗎？我禁不住自己想到，但我不追問自己。）卡露斯走出圍舞圈同我們坐在廣場邊的石垣，背後是斜深下到溪谷的整面大山坡。卡露斯說他許久未參加這種跳舞了，「因為跟以前不一樣，」傳統是男人在外圈、女人在內圈，歌與節奏都是舞者合拍合唱，「哪像今天慣例請走唱樂團，」樂團的男女主唱俊美是不用多看的，歌聲也還可以嘹亮到山谷，只是什麼歌都唱，什麼歌都能唱成接龍歌，常常曲調節奏一變圍舞的人便要亂了舞步。卡露斯先生說他建議好茶今年恢復傳統的圍舞，他請我們到時去看圍舞時魯凱男人的氣慨同時魯凱女人的嬌柔。果然那年豐年祭在好茶，我們看到了男人的戰舞還帶著嘶殺的吼聲，不過戰舞的男人才三回就累倒了，倒是舒緩有緻的女人圍舞連綿直到黃昏日暮之際。

之後，我便常去好茶了，當然阿邦更常去，我們在卡露斯的廚房吃火鍋大菜，開講、喝酒、唱歌，其間碰上一批又一批來「朝山」或「朝聖」的人馬，其中多的是人類學或民族學的專家學者，更多各種藝術媒體的工作者到卡露斯先生的廚房「交換靈感或學術心得」。那時，卡露斯先生剛自都市回歸原鄉不久，生活還沒有「定位」常常喝醉，也常勸我喝到醉，（因為「唯有飲者留其名」，因為阿邦是不能喝的，）好在先生酒品不錯，喝到醉還知道回家的路不會醉倒山溝巷道。直到那年夏天，阿邦立志「專業魯凱」後半生，準備開展首度部落攝影展；幾乎同時，卡露斯先生也決心開始了他的「寫作事業」。

「十萬個為什麼」：為什麼阿邦信任卡露斯

阿邦對卡露斯先生的信任建立在第二度的巴魯冠之行。先是，某山地文化研究會有「一探魯凱聖地巴魯冠」的六天計畫；阿邦因三班輪班制職業關係，從不敢將自己排入「長期計畫」之內。待他由新好茶拿著手電筒乘黑夜趕到古茶布安時，在力大古家屋前兩個留守的女孩告訴他：探索隊早於當日清晨出發。阿邦背包不卸，接過一杯不知什麼味道的好心茶，啜了一口，就著手電的微光朝探索隊的暗夜屁股追去。當夜走到倦極，他歇在一處密林中，全身縮入睡袋，只凸出必要的鼻頭，就有一種可能生來沒見過人的蚊子愛極這種「異質的」鼻頭肉，阿邦醒來幾次艱難伸出手指搔抓叮癢，這時，他清楚發現眼睛看不見一丁點自己的五指——後來如果我提到「暗夜難行」，不如窩在棉被旁閒談「山上的煤油燈光如何比不上山下的，可是山上的暗是為了讓我們看星星」之類的話，阿邦就忍不住再提一遍被原始密林吃掉的手指頭，意思是說要賴著閒談可以但不如抱著棉被到那密林中去談，「讓誰的手指也不認識誰的手指，」那就不枉費了辛苦上山的滋味。我們順此就在卡露斯先生的石蠟燈光下賴著被褥想像：聽說台灣還有多處處女密林有能力吃掉手指的黑，即使白天，應該說夜晚、白天不分的那種邪惡的「黑」至今存在台島內在的某個深處。（「為什麼不說是純真的黑？」貞小姐開始發問了，一見她天庭飽滿就知她天生慧質問的都是問題。「為什麼要說密林是處女的密林？」「為什麼先用『原始』後是『處女』？」「為什麼『原始』和『處女』兩個辭彙可以互換？」「為什麼不說處女密林純真的黑吃掉處男的伸手五指？」（我猜貞小姐生長在「經濟起飛」的年代，她聽過第一代的「十萬個為什麼」錄音帶，所以從小她就會問：「為什麼香菇那麼營養？」「為什麼人人愛吃香菇我就不愛？」「為什麼有時候我出去到處見到香菇頭？」「為什麼香菇不頭個可愛一點點？」「為什麼我媽說我不能一輩子不吃香菇你也這麼說？」）第二天午後，阿邦吃過他妻準備的乾糧酸棗粽子後，就見到第一家石板屋的斷垣，後來沿山徑殘壁短垣愈多，近黃昏時他陷在偌大一處蔓藤野草盤踞的石板厝廢墟，「有一種陰森的氣味」從石板牆的隙縫中滲出來，在阿邦年輕登百岳的經驗中，從不曾陷在那樣陰氣潑面殺來的氛圍，他不知身在何地，但從牆垣腳蔓草纏的瓷甕斷片，他感覺有許多生命——不只山豬或山老鼠，曾在這裏存活過不知許多年，而且可能發生過什麼「不堪」的事件，讓部落被棄成廢墟，那森冷的氣味是那麼實在，「像久年醃山芋的陰殺味。」卡露斯先生也不知那種陰殺味是啥個味道，他們山芋不用醃的而用乾烤的，「——有醃山芋或洋芋的民族嗎？」卡露斯代阿邦問在座的專家學者先進，沒有一顆「專攻田野或學院」的腦袋考據得出來，「就埋論來說，什麼東西或事物都醃得可以」，我幫大家解圍，「我自己就醃過乳貓在典藏的咖啡罐子，放在我書桌正中，日暮時分那還乳著的貓咪就潰出罐皮引領我文思昏沉的路，一路喵嗚咪的直到破曉時分牠才回去典藏咖啡休息。」平地四處來的先進專家們都漠著臉，只有阿邦和卡露斯先生默默微笑著：阿邦一定想到小時候他醃過蟋蟀什麼的，卡露斯則眼見那隻乳貓潰出罐子玻璃皮的姿勢是那麼合韻他人生的「溫柔浪漫」令他不自覺微笑自己。

「那是達都古魯廢址，」卡露斯先生肯定說：阿邦是誤入歧途了。在不可考的年代，達都古魯曾是古茶布安分支出去的部落，因為不可考的原因又棄捨了家園投靠當時興旺的古茶布安，古茶布安人畫了近鬬卡一塊地收容了他們；至今在新好茶社區仍有三家達都古魯人氏，他們有突出的高顴、狹凹的臉頰和略帶鷹鉤的鼻子，阿邦鏡頭中「冷淡的愛人」老里阿斯、患鼻癌的進金君一家及新開第四家好茶雜貨店的老闆兄弟都是。我讀過史料記載，那不可考的原因發生在日據時期，約一九三〇年代，最可能是霧社事件後為了便於「集中管理」，達都古魯被迫廢村遷到古茶布安；卡露斯先生也聽說過有這樣的「文字說過」，但他從未自活的人口中聽到同樣的說法，所以他很抱歉不過礙難相信這般欠缺想像力的「史料說」。「沒有想像就少了歷史的美感，」我也窒難相信，「這樣的史實不要也罷。」（阿邦剎時起身替卡露斯和我這「同其相信」的一刻留下歷史性的鏡頭。）中年的當然所知有限，但我疑一百零四歲剛過世的里阿斯多少聽聞過，甚至親眼目睹「到底發生了什麼事」，可惜「愛人里阿斯」的冷淡聽說是部落聞名的，卡露斯說他有生以來從未見「愛人」的嘴角翹起微笑過，他曾經兩度嘗試要「田野採訪」她，遺憾她自始至終盯著自己掌背上的刺青紋飾，從沒有抬起眼簾瞧瞧「史官」他卡露斯，更別說叫愛人開口說話了。（「人生有憾當如是，」我頗有恨。阿邦猜：可能人家不懂「你年輕人」說的魯凱話。卡露斯盛讚阿邦是有進步——也懂得幽默啦，不像當初他妻常抱怨說在家是個「石膏人」。）卡露斯先生安慰我們大家，他差不多已建立完整達都古魯系譜，或許在別的部落他可以採訪到像愛人里阿斯那樣人瑞而且多話不輸老大姐咯各・咯各的；不然，他計畫到對岸山頭當年敵對的筏灣部落可能問出幾絲線索來。

有位民族學的學者思考說：有可能不是外來的暴力因素，假定問題出在內部發生「不倫」的事件，由於這不倫觸犯禁忌，恐懼便像瘟疫一般傳染開來，可能引發「潛意識中集體的不倫衝動」，造成更多的不倫事件、更大的恐慌，終於導致「棄離部落」的結果。（阿邦一直使著眼色問：什麼是「不倫」。貞小姐一直努著嘴唇無聲回答：不倫就是不倫還問什麼不倫更甭提不倫什麼了。）卡露斯先生嚴正臉容說這是他第一次聽到如此的「可能辯證」，他說不上同意或不同意，當然他願意虛心的和所有學者專家、尤其是民族人類學的一起作「共同努力的思考」。我不禁提及剛剛被棄的達來舊部落，只因站在「全島唯一保存完整的石板屋部落」的石板庭中望得見溪谷對岸的霧台公路，終於耐不住「公路」的吸引力舉村遷到路邊坡坎下——照這樣聯想，有可能她達都古魯整天仰望古茶布安蒲葵樹的蓬頭，終致耐不住要大家都搬去住在蓬頭的庇蔭下。（貞小姐最曉得「蓬頭」自己的魅力，所以她終年額頭都梳得嚴整，只讓人見到飽滿。（我平日最欣羨一瀑到腰的長髮走在都市艷陽下，若是蓬頭亂跑便知她是婦人了。（魯凱盛會時，女人戴起貴重頭冠前，額頭也都梳得嚴整的。）「這也有可能也說不定，」卡露斯說當時七八百年前古茶布安的蒲葵樹不像今天只剩那麼一枝獨秀。那麼，當美人蓬頭在艷陽下迎風招展時，那般蓬頭風姿是自霧頭山越過井步山迄到北大武一帶最最迷人的，「——

喏，你們看——」阿邦即時翻出幾張各種角度拍的蒲葵照作實地見證，不知是卡露斯或阿邦他口中常提的「精神象徵——蒲葵樹」，學者專家紛紛點頭稱是，隨後他們開始論辯「為什麼消失了其他蒲葵」的諸種可能性。「單枝一棵才能成為精神象徵啊！」我聽見阿邦耳語說。

因久子小姐扭傷足踝，山研會的聖地探險之旅中途折返。人類學者久子小姐是日本琉球人，留台七年餘，自稱是琉球原住民非純日本種；也許同屬「原住民」，彼此投緣久子小姐和卡露斯先生，莫怪先生心痛之餘當場責怪老嚮導在前頭走得太快，「只顧長腳趕路不顧人家小姐腿短，」老雲豹聽了不爽脾氣一發再不肯帶路。卡露斯先生下到古茶布安見「迷路的羔羊」阿邦，心一般痛之餘當場答應不久後帶阿邦再探巴魯冠。（貞小姐名言：阿邦具有天生羔羊的品質，難怪人人都想帶領他，其實同走一段路後就不曉得誰帶領誰。（卡露斯名言：阿邦是「不說話的人」，可能說得最多。（阿邦名言：我不知道什麼，但，是什麼我知道。）卡露斯帶領阿邦第二度巴魯冠之行，贏得「阿邦對卡露斯先生的信任」。曾有高山嚮導資歷的阿邦，見卡露斯在前沒路開路，而他跟後走到兩腿發抖，（後來阿邦多次提到這「兩腿發抖」，卡露斯只是微笑，阿邦說他自己當時都不相信，貞小姐也不相信阿邦那樣一天到晚馬不停蹄的腿會走到發抖，我沒有意見但我看過另一種「兩腿發抖」。）幾段沒有路的路必要卡露斯先生牽著阿邦的手走過；有一度阿邦重重摔下斜坡，先生隨手撩過一截樹枝要阿邦緊緊握住。更讓阿邦吃驚的是卡露斯的「野外求生」能力：（卡露斯曾謙虛說：他在「都市求生」的能力遠不比「野外求生」，到四十五歲這年他在都市求生滿二十年這一天他覺得夠了。（貞小姐說她不得不謙虛的說：「都市求生」太容易了，所以偶爾要來點難的「野外求生」。（阿邦認為兩者都不容易，都必需「活到老學到老」。我看是不容易都市野外但也容易不活不學不老就是何處不是野外都市。）臨時決定就地紮營砍來枝幹搭起帆布帳蓬，暴雨就劈叭下來了，可見先生有「第三隻眼」看得明白雲的走勢同時風會告訴他雨的訊息，正當兩人帳蓬中坐望遠近一片茫茫時，突然有什麼東西跑過前頭卡露斯隨手擲出一箭什麼隨後衝出帳蓬外隨後回來左手拎著飛鼠的腿右手是阿邦的三腳架，（阿邦堅持一項傳統：要拍好照必要定三腳架。我不解攝影術，但我告訴阿邦：按快門時能在「按」與「不按」之間——按，那你一生就不再需要三腳架。（「胡言亂語誰也會說，」貞小姐說，「放屁之道無他：在「放」與「不放」之間——放。」（卡露斯新添購了一台好相機但堅持不要三腳架，「再多個三腳，我人生就垮啦。」）當夜當然是飛鼠大餐，卡露斯圍三個木塊起灶燃火動作之準與快阿邦自嘆平生不如，「到底呢我們是有比不上人家的東西，」

而後烤「自然」的好吃「只有人的美味可以相比。」可惜連幾夜暴雨，白天可用來前進的時間不多，山徑濕滑隨處都見湍流。有一夜，他們搭棚枝椏間，夜半山豬在底下來回的竄，大約是侵了牠們的地盤牠們不高興，先生每隔一會便叮嚀阿邦：別掉下去。（有回自古茶布安下到好茶，忽然「拱呼」一聲山豬撲了開去，我被那「拱呼」驚得差點跌出山崖外。「為什麼山豬不與人親？」貞小姐自問自答，「只要看獵人之家的山豬牙就知道。」（所以我難免想：偉大的獵人倒在獵地時，山豬和飛鼠一定奔相走告，果子狸手牽手白鼻心在雀榕上歡舞……。阿邦鐵定不同意這樣的想法，我也「不敢苟同」。）終於最後的時辰到臨了：聖地巴魯冠就在兩個小時腳程的山那頭，眼望去其間瀑布這裏那裏都是，「巴魯冠到了，那就是——」卡露斯說，「我們回頭吧。」先生說完回頭就走直到回到古茶布安沒有開口說話，阿邦更不說話。（傳情達意的事眼神動作便是，何必開口，不過人心的騷亂豈是容易安的？不怪阿邦一路苦想到古茶才想通：）他鄭重告知卡露斯先生：今後阿邦立志「以影像全面性的記錄整個魯凱：包括史地檔案和人的活動」。於是到今天我們期待第三回巴魯冠聖地之旅。

「傷心無目屎」以對某明治大學博士的論評

德博士在「二二八事件」（一九四七）後，避居扶桑大島，到死（一九九二）沒有回來。（這是屬「終生自我流放」的典型。緣由於他哥哥在亂局中被捕、消失，被捕的原因現今仍在揣測中：⑴當時他任台南唯一一個台灣人法官得罪某一外省政治權貴。⑵被列入當時必要肅清的「不聽話」的台島菁英名單中。可以想見青年德博士離棄這塊小島的不義政權，帶著可以想像的痛與恨。八〇年代中期開始的回歸潮中沒有他的影子，大概只有哥哥自「失蹤」中重現，他才可能重回故鄉相見。可惜，我們都知道「失蹤」這個辭彙的意思，但多不明白這個辭彙的真相實際如何。）不過，這樣自我流放的「典型」所以讓人尊敬，在於他異鄉半生「心繫」這故鄉小島，他畢生想拿捏出一套可以通用小島的島國文字，雖然承認無力建構一套完整的語文系統，但我們許多人失望或暗喜之餘都記得他的努力。（這種遠在異國把「發燒的思鄉」具體實踐為一項「偉大的改造工程」，令我們有良心的，尤其在野的知識份子「甘心感懷」（另一種說法是：解構或解讀。（前者是基督教長老教派的慣用詞，後者是學界文化界近年來流行的「寵物語」。（不僅是一種化個人悲痛為對故鄉民族的永恆之愛，也是由島外向島內革命的原動力。（某國國父也有類似的名言：華僑是革命之母。（阿邦說：他小時候以為老師口中的華僑是住在外太空一個叫僑星的地方每年下來一次巡視我們的。（少年時代，島上剛開始流行紅綠燈，每年十月中旬要被紅綠燈嚇呆幾多回，只因僑車成群過境不停「屬於我們的賤土」，我祖父會因此「失去散步的慾望」好幾天，前前後後小兒科內科的生意也會特別好，小孩得了傷風感冒因為在呆了的紅綠燈下站到兩腿酸抖被不知名的黴菌趁機而入，大人大多是臨時悶到鬱傷。（卡露斯說他是沒見過真正「整批批發來的」華僑人士，記得部落遷村那時大家忙碌中，有兩個穿港衫的陌生人上來東摸西摸，有老人家過去駛日本語有小學生過去駛北京話，後來知兩人駛廣東語說不明白是要古董大甕或千年碗公，但清楚讓我們知道是大日本會社派來的華僑代理商，還留下小矮人手指力氣也撕不破的韌皮紙名片。晚年力大古出清存貨時，無意中掉出那張名片，證明當年是有這麼兩位「革命之母」臨幸過好茶我們，至於力大古是否賣了什麼木雕或儲物桶給他們，當時離死亡不到半年的力大師說不知道了。）某一年，德博士發願寫一本有關這小島歷史的「苦悶書」，用以隔海啟蒙正在隨著「資本主義的臭尾椎」起飛的台島人民不要忘記歷史「存在有」屬於我們的苦悶不斷。在異國大圖書館中，他爬梳人家館藏的台灣文獻，事關島的歷史他學者良心必須先提到島上的原住民族，他引用了一段有關「台灣生番」的文字：「他們絕不多做超出一日所需的米……而且土人習性懶惰，以致土地多未開闢……」難怪後來的唐山移民「當然不會對這種暴殄天物的狀態袖手旁觀。」（九〇年代，「苦悶書」登陸台島，果然被奉為啟蒙小島苦悶歷史必讀書目之一，大概報紙作的廣告太惹眼了，莫怪都市朋友送來一本用以啟蒙內山的卡露斯先生，可以想見卡露斯先挑關係「生番」的章節來讀：）「我們祖先會這麼問，」卡露斯先生歪著嘴角帶笑不笑說，「為什麼要多做一日所需的米？」如果土地已供所需，「為什麼要開闢所有『無辜的』土地？」

卡露斯先生用「無辜的」來形容被鋤頭狠狠劈下去的土地，我頗能體會那種「橫柴入處女灶」的痛。先生用低迷的嗓腔繼續說：以博士的「博」士為什麼不會想到這是我們「土人生番」的生活之道，套他博士博的辭彙說這應該是我們土人生番的「自然生命哲學」。我尉先生卡露斯：博士貴在專精，但因為他「博」你就不能說他只知道這個、不知道那個，（所謂「國家博士」當然知道所有一切這島國之內的，若是扶桑大島的先進博士的博當然博到我們小島「以迄」世界性的地步了。）像你們豐年節盪的秋千，有高潮有低谷，但做博士的就只能駛他讀破書寫破紙的力氣盪高到一邊，盡他專精的力氣停留在那最高點上捨不得下來，因為他需要人家翹頭仰望他博到高潮頂顛的屁股。阿邦笑：那整個秋千不是為他停擺了嗎？我因說：所以不管來了幾個博士，他們一定窩在各自的最高點上鳥看並作「觀察記錄」，必要時秋千可以停擺在任何斜度在空中供他們鑽研把玩研究。（禁不住此時我想到十六世紀一個大陸人叫西門阿慶的發明設計一種葡萄藤秋千，當時他忙著「褻玩」忘了申請專利，害苦後世的大男人尤其大漢裔的，無時無刻不在心中模擬、重塑這可以世代讓你萬般褻玩無限的秋千葡萄。（我發覺不僅卡露斯連阿邦也沒盪過這種葡萄藤掛的秋千，才會現出那般陌生失神的面色。有《金瓶梅》專家學者考據那葡萄是自沙漠移植來的蒙哥利亞馬來種，才撐得起那潘女士的屁股架子；魯凱秋千就地取用大武山坡的修竹和岩藤，質材不同盪起來的滋味，尤其屁股肉感想必不一樣。（「褻」這個字令卡露斯大傷腦筋，我臨時用竹筷沾火鍋湯在石板桌面上也寫不明白，後來還虧什麼都懂的貞小姐用會意、形聲、假借圍攻這個難纏的字眼。）時空差別事相遷異這麼大，從大漢葡萄秋千進步到今日魯凱竹藤秋千，「哎！」我別臉過去再慰先生卡露斯：就別怪囉人家先進德博士嘲笑你們只用鶴嘴鋤耕作，全不懂得駛牛駛馬駛機器人犁田了。

卡露斯先生可以諒解德博士批評卡露斯這個魯凱人習性懶惰，——實在想到自己每天醒時煮一個雜鍋便可以吃上一天、甚至一天半到二、三天不止在冬天。（這大鍋菜肉麵混在一起的吃法，無人考證可能是那位自殺在古茶布安的日本巡查部長同化教育給魯凱族人的，如今族人習慣把麵、青菜一起煮爛，再開沙丁魚罐頭或廣達香肉醬倒入去，加麻油醬醋隨你意湯頭頗有「羅宋」的原味。（阿邦說這是標準魯凱羅宋大鍋麵的煮法，他深夜下班回家都自己煮吃這大鍋麵即使午夜兩點也感覺像是回到了好茶故鄉。卡露斯只是微笑、沉默，許久才說，「許多事我們只是學習、接受：做、吃，我們不習慣命名這一類事。」（羅宋湯如今是都市速食小餐館的主菜湯可能傳之好茶的原味石板羅宋鍋湯也說不定。）博士博在「苦悶書」第一章結局論斷（凡事都有「說不定」的性質，只有博士有能力論斷：）未開化的土著民族人口銳減的內在原因是，「其實他們本身頹廢的性生活、不衛生的風俗習慣、對饑荒和傳染病的無防備狀態等等……」實在，再怎樣也無法原諒他博士竟把「自然這個動作本身」歸納入「頹廢這個現代語彙」，如果要論性生活倫理，「我們的『百合花制度』也差可比擬你們『吃人的禮教』，」當然「絕對比不上你們男人縛女人小腳防止她們『淫奔』的手段嘍。」我提示卡露斯先生必要注意女人小腳之美，先生也承認魯凱女人一雙天足原不用鞋子的，所以天性他們的男人不懂得欣賞「小腳美人」更不用說綁過小腳的了。（阿邦鏡頭最懂得欣賞大腳美人的美，他有多卷底片特寫魯凱婦人的手足，我差點以為他的鏡頭患有「靜物癖」或「戀物狂」，後來阿邦解說他是多麼急著拍下老婦手背上的刺紋以免她帶進棺木就從世界消失，至於大腳——阿邦只拍織布中的或在小米田中的「勞動中的老婦人的腳」。（手背刺青紋線代表的意義如何，它的來源以及實際施行作法，阿邦也不清楚，詢之卡露斯尷尬笑說：他還要努力做點「田野調查」。（這就幾乎可以肯定阿邦影像的記錄性是多麼無價之寶的東西了，因為田野調查何時完成、完不完整都未可知，何況人類學家現在又追問「解釋權」的問題，連紋身的主人都「不具解釋的完整性」自己的紋身，別說「二手」的史官卡露斯了。相較於這些人思考出來的不穩定性，影像具有一種確定性，相當於實相的存證，「你無法否定它存在過，——要怎麼解釋，就看你們大家。」它的意義在於它可以包容時代的歧義性，歷時光而永久保鮮。（所以凡是阿邦送我留念的得意影像，我都用一層保鮮膜密封裹緊，再用厚厚的天然羊皮紙紮實，收在冰箱冷凍層保鮮它。）

既然博士說得那樣不堪，卡露斯先生痛切檢討「同杯共飲」的習俗到底合不合「衛生」？同杯是為了體會一體的感覺，情人、夫妻不都是要「相濡以沫」到「體液交流」嗎，那麼族親為了彼此體驗大一同的感覺也就不得不共飲同杯了。又比如屋內葬的習俗傳統，是體貼死後親人讓他還生活在同一頂屋簷下，（怪不得貞小姐怨說在占茶布安夜半恍惚有多少隻手指在睡袋下搔癢她，）死生親近勝過曝在荒野郊外不知給山豬或什麼扒去吃，起碼不讓人忘記人是人生的。我斟酌著語句，「可能你們連衛生的觀念也沒有。」先生修正：可能沒有「衛生的觀念」，但實際非常衛生——舉一例便分曉，魯凱一族不流行「口交」，任何口述歷史中從未出現「肛交」那樣的行為，更不用說魯凱人的口腔得未曾有「獸交」之類的發音。（卡露斯漠著臉提起：前不久有部落裏人看A片，發現那色情女主角居然是鄰家的女兒。「像這樣的女人，」卡露斯語氣平靜確定，「只能偷偷摸摸回來，回來誰也不會正眼看她一眼，——最好她是悄悄消失在都市中。」）我面肉臊燒起來（我是替那些正眼看色情女主角的人面燒起來的：）遠在《金瓶梅》《肉蒲團》、近在《孽子》《迷園》，大漢族或說是漢裔獨立台灣族的我們是多麼不合衛生。（有回，卡露斯嚴肅地請教在座諸位為什麼會存在同性戀這回事？又為什麼讓它成為都市的新潮流？到底兩個男人為什麼會搞到那種事？在座諸位都低頭默著，當時正吃著火鍋丸子燒，而且先天不可能搞男同性戀的小女生居多。）

有關「饑荒」和「傳染病」的問題，阿邦幫卡露斯先生解說以免博士誤會：人家我們深山內兜的原住民族天生過的一種「人天合一」的原始精神生活，既原始就純正沒有污染，原不用害怕任何傳染菌也不擔心什麼人為饑荒的；不像平地我們的冰箱個個儲備了至少三天最多不少於三個月的食糧，更叫人生氣滿街見戴頭盔耳塞口罩護肘手套什麼的，想見傳染病之他多的啦。有位中央民族學學者提說：不知名的瘟疫常常出現在他們的口述傳說中，造成族群遷徙，留下空城廢墟。另位研究城鄉的準博士補充：據他考證，南隘寮溪上游至少發生過兩次大瘟疫，而這兩大瘟疫恰好安排發生在兩次部落大會戰之後。先生啜酒連連，不暇置評。阿邦嚅說：既是不知名，可知不是登革熱或流行性腦膜炎，再說當年古早時的毒菌怎比得今日的世紀之毒？卡露斯同感阿邦：他在都市台北、高雄討生活那幾年，一出門便鼻塞，回到住處喉頭癢到半夜不止，必要吹他心愛的大喇叭把積了一天的廢氣排出去；最近他監工科學博物館的樣板石板厝到台中，餐餐速食漢堡牛肉麵天天吃不飽的感覺直到「內在深處湧出一股不知道名字的饑荒」。（勾引我記起當兵那年假日在台中，站在犁記餅舖前盯著那蛋糕切塊直到兩眼發顫。我當時就了然毛病出在一種「被體制禁壓引起的精神性饑荒」，但就是禁不住自己往犁記蛋糕前站到人我不堪，人家以為我是盯死犁記小姐的迷你裙屁股直到她兩腿內側發顫。（這毛病弄到現在，除了喜慶老式大餅，新時代新花樣的蛋糕冰淇淋布丁乳酪酸等等我是一眼都不看的，更甭說日新又新花樣的小姐制服了。）我讚先生：「內在深處」用得很有深度，不過深度的屁股後應該緊跟著「湧出一股無以名狀的饑荒」，而這股饑荒可能是對小米、樹豆、芋頭乾和吉拉布的「鄉愁般的渴望」。阿邦有所思的說：不管渴望什麼，饑荒就是有深度的餓。大家都笑，但都同意：餓到有深度，就是饑荒。

談到「深度」，卡露斯先生別有一番感想。「我們族人不是沒有苦悶，」卡露斯啜了一口米酒，雖然剛有高雄文化界某名人朋友送他一瓶ＸＯ，但ＸＯ只合供在魯凱的床頭，（事實是ＸＯ成就當晚夜宴時的主菜，卡露斯震於ＸＯ的威名不敢多喝，大多還是都市文化界喝掉的，誠如名人所說，「ＸＯ配好茶山水提升了好茶山的高度與水的濃度，」卡露斯點頭稱是，但他內心永遠在是與不是之間。）卡露斯把ＸＯ空瓶漂亮精緻供在他原木素樸帶點塵灰的床頭：世紀末的華麗與世紀初的素樸就這樣衷情於一床。（這一段文字的真正意涵是什麼寫的人也不十分知道，但你不能怪我，當我不得不上街看到「弘一」檳榔、「阿信」鵝肉時，那晚我睜眼床上思考著「文字」這個東西它的真正意涵是什麼？）卡露斯寧願品味族人不得不嗜喝的國家公賣的，因為有人做夢都夢到苦悶的米酒，「不過，我們族人沒有深度到他博士那樣在遠方半生痛苦感受到開本島以來就一直是個苦悶的島。」（初次，我痛苦的感受到先生的漢語進步到可以拐彎抹角到達「長句的深度」。）圍桌有位青年魯凱打哈：有再大的苦悶，兩瓶祖先喝也喝不到的毒米酒就讓你歪倒在巷道溝坑。卡露斯先生說：在父祖一代，我們小女人的苦悶是怎樣在幾個有意求婚青年的不時上門夜飲中斟酒，小心不讓自己頭上的百合花失墜落地；我們小男人的苦悶是如何獵到山豬回來喝到第一口小米酒同時有了求偶的資格；再說，我們大女人的苦悶只是編織之暇怎樣釀做上好的小米酒，等待獵人丈夫帶著獵物回家打開酒罈見到酒湖面上浮著薄薄一層美麗的彩虹一如妻的天然腮紅；而我們的大男人則算計著獵到六頭大公豬就可公然戴上一朵百合花繞部落一周以彰顯他的大公豬百合花；至於如何獵到別人家的人頭好成就「獵人中的獵人」那是終我們男人一生的最大苦悶了——當然啦清晨巡田時或黃昏後收工時如何又怎樣小心不被埋伏獵去自己頸上的頭顱是我們男女「苦悶中的苦悶」囉。「料不到，『文明』這傢伙不請自來『終結』這些原屬於我們的大小苦悶。我們慚愧呀原來有一種大大的苦悶原來我們這些『山頂番人』都不知道——」卡露斯先生醉到七八分了，「我替我們祖先魯凱感謝同時咒他博士三代他……」

先生倒在月桃蓆上，同時響起悶雷的鼾聲。（我初識先生這年，先生每飲必求醉，悶雷在月桃蓆上奔來奔去，令我想起「悠然見南山」的那個人歸去來兮之後喝酒喝到死。）我面對阿邦盤腿而坐，相對默默許久：卡露斯不止兩三次提及，自他懂事的日據時期以來就有專家學者不斷闖入部落，雇用部落中少數有識之士作嚮導兼買辦，挖掘、帶走他們需要的，從不曾把他們那一套研究方法、系統知識教育一些給「未開化的土人」；一年兩年後也許會有一本兩本碩、博士論文或專書寄到部落，「像只能吃不能看的天書，」因為就有半瘋的老人真的拿到手就啃，卡露斯說以他當年的閱讀能力，只捉摸得出內容有關「我們魯凱」，看不懂到底是在講什麼有關自己族人的什麼鳥大的事。（卡露斯承認做過日、美、德甚至有一位沙烏地王公貴族的嚮導，買辦嘛他可能介紹過小器物，大文物他不敢動腦筋，因為牽涉到許多威權、禁忌。（當嚮導最辛苦，尤其做平地台灣人團的，什麼雜物都往嚮導背後塞，上山揹三十公斤賺不到兩三仟元，感覺像現代「番工」，有時漂亮有知識的都市人忘了給嚮導費，因為大家變成都是好朋友，好朋友談金錢就不夠意思了。（我熟識新北投溫泉鄉一位久年酒女，也有同樣的觀感：做美黑仔尚爽，做阿本仔輕鬆又大方，就台灣人伊娘的統囉嗦！）我對悶雷中的先生說：

抱歉我也有我們的苦悶，如同德博士在他的「苦悶書」序言中所提示那般，我也差不多「一面哭，一面讀」他的苦悶書；我愛吃魯凱傳統美食吉拉布、阿買，但我更嗜吃故鄉府城老舖做的大餅，每每嚼著大餅時就想到這塊我們烘了四百多年，不，可能在你們手中不知烤了幾萬年的寶島大餅，至今自家人還不能做主分著吃，必要時時看島外「有力者」的目色，那目色中反映著航空母艦潛水艇、飛彈米格機的陰影，「更其」叫人苦悶的是，越來越多的人明裏暗地跑去跟對方做公關（聽說睡一夜釣魚台賓館的床軟到腸裏的蛔蟲受不了因為「彎軟度」超過蛔蟲在台生長所能忍受的限度，不過連連下痢後客人還是強顏歡笑感激不盡有幸讓他住釣魚台這就值得多少肚中蛔蟲）當然剩下還不少有骨氣的人忙著為將來分大餅的方法現在明爭暗鬥——不知何時阿邦耐不住坐，他捨不得前鄰不時傳來的夜飲聲噪，使命感鞭他不可錯過任何他「生命化身的鏡頭魯凱」，那夜飲歌唱歡舞喧鬧可以持續到午夜二時，從不會見鄰人出來阻止，顯然他們習慣在鄰近「樂不思文明」的酒囂中入睡，況且祖傳的規矩「夜飲作樂」是人生的天經地義，只要白天還能規矩上田上工，（人不是為做工而生的「工人不是人只是人的一種！」（還好卡露斯說雲豹的傳人向來是夜飲到天亮，抓起工具直接去上工：這就讓我想到貞小姐興來便同人清談到天亮，抓起包包直接去上班。）後山的貓頭鷹久已不在乎了，不知道會不會影響牠的生殖機能，因為牠的咕咕求偶聲被電吉他大貝斯遮閹了大半夜，——相思林中的烏鴉不知怎麼睡？

「獵什麼？你！」有位中年魯凱厲聲問阿邦

有位喪妻不久的中年男人在厝簷下晾掛衣褲，阿邦兩步跳入石板庭埕，焦距對準那「晾」的動作按下快門。彷彿快門的「恰擦」聲驚到潛心做事的男人，因為那晾出來的衣服中有一套絲質藍色羅曼絲奶罩三角褲，是他下到都市在內衣專賣店買回來送妻作四十九歲生日禮物的。（這就可以見得魯凱男人的浪漫從自然不穿衣褲的古代過渡到絲質蕾絲小褲鋼絲罩杯的現代絲毫沒有被時光磨掉這浪漫，（他天天晾出來亡妻的內衣褲，讓亡妻像往日晒晒好茶的陽光，那衣褲真正是用香皂水洗過的，不是光掛出來陰乾好看的：這不就具體回答了貞小姐的問題為什麼她會那麼喜歡「魯凱的風情」。）「獵什麼？你！」中年男人頭也不回厲聲質問阿邦，因為他正一心扯正三角褲的輪廓，同時也因為他不必回頭也曉得又是那個照相機器人阿邦。阿邦還是老辦法，嘴巴兀自嘟喃著一些連我也聽不清楚是抱歉或什麼意思的話，三步併一步跳出庭埕外：快門按下了，影像留在相機暗房內，「搶拍的必要」就此完成了，其他被罵被趕甚至被擲酒酐芋頭乾都屬餘事。──我曾經在非正式場合非正式告訴阿邦：這是屬某種有關「按快門的良心」問題。但天生「素人異稟」的阿邦沒有這樣的良心問題，他雖然不至於像「機關槍掃射」那樣的按快門，不過把他「發現」魯凱以後的恰擦恰擦恰擦連結起來也可以繞地球三匝有餘可能逼近四匝，所以「專業魯凱」後不到一年，他就堂皇在部落首展出這批影像，兩天在霧台，接連七天在好茶。（阿邦發動我發動卡露斯，在暑熱的七月，咬牙苦思為阿邦寫了幾篇引介兼評論兼宣傳性質的文章，那時登在各大小報紙上，其中最感人的一篇標題為「非凡的生命熱情」，最令人印象深刻的是「部落首展第一人」阿邦。）

在這個沒有酒、沒有烤肉、沒有歌的場合，只周遭半空中鉛絲掛著阿邦的人像照下襬在午後三時活動中心空蕩的風中展來覽去。有位來自高雄的「田野文化工作者」王君，先盛讚阿邦的人像照之具國際水準，尤其比阿紐那坐姿準會讓他膽小的太太在半夜坐起來，（這是標準語開場白，先來一段不正經隨後可以隨興正經到臉發青的地步，但因為他先前已經表明他是可以不正經的，所以這後來的正經就表明它是多麼重要的正經了，）在眾多相機鏡頭前他開始噎噎發言：他不比各位攝影工作者，雖然他過去有一段還不算短的時期也是玩相機出身的，不過有一天他把相機置在桌緣面對鏡頭反省幾個長夜，終於結論到「外在可見的鏡頭只是內在那不見的延伸」，因此鏡頭不是隨便可以伸縮出去的。像這回他初次來到部落好茶社區，他指的是相機的空殼子，他深知自己不能完全放捨「拍攝」這個理念的動作，但今天除非他踏遍好茶每一個角落，讓泥土的芳香自鞋底滲透入他的腳底，他才「實殼」他的相機，為了安全起見以免誘惑相機由他妻的肩胛骨看管著，規定不得離他屁股三尺之外，當那泥土的氣貫穿腳皮直逼指皮時剎那間也不知何時他按下了妻的快門。（我事先吩咐阿邦來人都是各地名家，只要張開耳朵聽就可以收益很多，不必開你口去占用他的時間，阿邦說不開口就是。（聽來這人是自然替他決定鏡頭的可不可伸出去，包括按快門的「決定性瞬間」都包給無所不能的大自然，如此謙讓到毫無「自我伸縮性」，那麼一切ＯＫ，沒有問題。（來的果真是未來的「大師」氣慨。）

另一位台北下來的學院氣派的「田野攝影報導工作者」，他的相機一直滯留在那特大膨的相機專門包包內。（阿邦一直很留意同行專家拿的是什麼相機，當然首先是什麼名牌，包括幾個鏡頭附身或是新發明的什麼多功能組合鏡頭，再看專家如何「有層次」

的使用他的工具達到一種「應用美學」的境地。（有一回，他驚見一隻萊卡貼在一位女士手掌，他跟前跟後審那「萊卡」的名家模樣，害得那女士說明，「這是我老闆的，我是老闆祕書，不是專搞攝影的，所以這卡萊我也不大懂，」她想借阿邦拿拿看又看到阿邦指甲內的工廠塵墨，阿邦想摸摸看又怕弄擰了人家小零件聽說要送回英國或德國才能修，結果這頭半推那頭半讓事情就不了了之。）學院氣的田野攝影自我詮釋他的「寶鏡不輕易出照」的原因是：按快門前他必要思前思後，單獨一張影像往往是片面的，不僅不可能代表真實、更可能是歪曲了事實，所以要他只拍一張「原住民醉倒部落水溝」這樣的照片他做不到。（人家阿邦就從各種角度拍了幾張，而且每見必拍因為對方醉了拍了省事。）在按快門之前他必須作一番思想的「自我跟蹤——自問自答」，然後針對拍攝的對象作實質的跟蹤，按下快門之後這「跟蹤」的動作必須持續到可以詮釋一張影像的完整性。「跟蹤是有必要的，」阿邦原本對學院派的動不動使用高難度術語頭痛得很，這回他很高興認同「跟蹤」這兩個平民化的字眼。阿邦舉例自己在日落溪谷時分，常常埋伏在「好茶社區」碑石後，等待下田回家途中的人瑞里阿斯，隨後跟蹤她前前後後，差別只在跟蹤時他不斷按下快門直到跟蹤對象沒入家門。（我的意見是難得看到如此「跟蹤的典範」，不像阿邦跟蹤到不前不後與對象幾乎貼身平行那還算什麼跟蹤；另外，考慮到讓「完整性達到它自身的完整性」這樣完整性的思考也頗難得。（怕就怕在自從紀德以後，可以跟蹤的人值得跟蹤的愈來愈少，那「寶機難出包」的可能性就愈大，那不就虧了攝影這門藝術進步到可以包裝「報導攝影」。）

坐在最高階上，頭在「不說話的人」與「老獵人的威嚴」之間的是位留美專攻攝影爵士學位的教授名家，他用貴族之家慣用的「愛說不說」的沉緩語調說：這些問題早已不成問題（當然了，自古以來對很多平民來說最要緊的吃飯問題對頭目貴族階級不是問題，即如在古茶布安時代，所有部落附近的屬地全歸二大頭目家系所有，平民必須租田納租，仿如平地可能苛於平地。（但是貴族頭目也不是白吃納貢飯的，有一回卡露斯坐貨車到另個部落，同車就有一個男人看起來就跟人家不一樣，「沉默、動作慢而有調，」卡露斯這樣形容，耐到下車一問果然是那部落的頭目家人。（所以很多問題對於貴族氣派的人不是問題，他天生的職責就是維持他的貴族氣派，作為人的一種表徵有資格坐在人神的腳邊的。）對這位攝影爵士而言，那些問題老早在遠方異國名家學院的攝影學系的課程中實際的反覆演練過任何可能出現的各種狀況、實地討論解決了各種可能的問題。如是「打過十八銅人陣」出來的，回到故鄉幾年來遭逢到的都是從前課程演習過的，不過照打一陣罷了，因是無論「良心上」或「實質上」的問題對他而言都不是問題。譬如目今他腳踏部落土地，很快他知道對別人來說最難纏的是「定位自己」的問題，而這個問題他輕易就找到了位置：他定位自己是「溝通者」的角色，因此他的鏡頭是純中立的，攝影這個動作本身是「中介性」的，他既沒有「鏡頭侵犯」的罪惡感，即使有人侵犯到他的鏡頭他巧妙迴開內心也不覺得受傷，——因為他已定好位。（阿邦對此爵士可說是佩服到只能「猛拍他」的地步，因為他從來不知自己是不是「作為一個溝通者的角色」，也不知「純中立的鏡頭」是啥個意思，又從來沒有想過自己的鏡頭「會侵犯到別人嗎？」好在爵士頭擺在「啞巴」與「獵人」之間倒也不止新鮮，也可作他開展的留念「某爵士蒞臨首展現場」。（我從不知攝影也有爵士的，不過想到芭蕾舞也要人家皇家代理來考試認定，那「皇家爵士攝影家」是真的可能「存有」了。八〇年代以來，土生土長的藝術家紛紛過海去「名家工作坊」註個冊，二、三個月後拿到一張修業證書回來，就可以在資歷欄上加一條這個那個——台灣人就吃這一套，不過也不能全怪台灣人，真的你說奇怪不奇怪過海鍍金回來後每次拉屎都帶有一股金銅氣味，如是聞久之後自然她就想吃「純金大餐」了。）

在這午後三時到黃昏的藝評會中，只剩個女孩還未發言，但發言過的大老也都沒有亂離席，大概大家都不期意識到「最後的女孩」將獻出「最寶貴的東西」。我看果然不錯她削男生的短髮根根直到像鐵絲不是當年的清湯掛麵，（清湯掛麵一去我的年少時代就青春小鳥一樣不復返了，猶如白衣黑裙的女生替我守住童貞長達十八年直到現在我看黑裙白衣是最美麗的配色。）鐵絲直髮下來是平板、溜牛仔衫褲的女孩，聽說是台北某半官方青年月刊的首席攝影師，開口便評阿邦的人像照「沒有拍出酒味，」那骨秀的手指豪放一揮阿邦掛在鉛絲的人像框便晃屁股得像要一一墜下來。（果然首席攝影不同學院派或爵士派，開口便直指核心，奇的是她怎麼知道阿邦酒量可憐，再拚酒也拍不出「有酒味的影像」。（甚至卡露斯也從來沒有想到阿邦鏡頭的缺失竟是這麼直接有力又簡單：沒有拍出魯凱的酒味！）據她說，作為一個「魯凱官方認定的攝影師」，阿邦最大的缺陷就在天生他酒只能沾唇，唇到為止那麼如何讓酒的精靈在喉嚨中探戈，不瘋戈到滑入醉的天地那只能算是半調子一輩子藝術家了可惜。（我當下激動萬分不止因為這妞說出了藝術的真理如何做工到藝術家身上，我長這麼大從來沒有聽見過把這道理說得這麼直接潑辣又充滿天才壓抑不止的氣味的。（可惜，卡露斯無事忙得不在，不然馬上我們在掛框下順著喉嚨滑入瘋戈到藝術家的天地管它對面頭目之家怎麼感想、長老之家怎麼看、斜對面派出所見慣了「呸」也不呸「你們一眼」。）我看阿邦慚愧得眼簾幾乎全要包皮住上吊的眼珠，「阿邦雖不能喝，」我替他解釋，「鏡頭可就不一定，卡露斯先生說阿邦鏡頭是浸足米酒維士比的。」「是嗎？」她秀手不屑碰阿邦的老鏡頭，只鼻子做秀往前兩三分嗅了三四下。「最可能是妳在台北漬了多年廢氣的鼻子嗅不出來，人家啞巴每次看他照片都要湊到鼻頭——天生他不出部落鼻子台灣純淨第一就聞得出照片阿邦醺人的酒味。另外，第一人瑞咯各・咯各也嗅得出十里遠外阿邦鏡頭的『康有力』！」女孩瞪我她單皮杏仁眼，顯然首席不屑理我這末席代言人似的，她自顧「告白自己」說：原先她怎樣拍也拍不出原住民的味道，料不到有一夜被拉入「圍酒」，酒到三分時她感覺衣褲內流的汗水已有山林子民的那種酸味，酒到六七分時，那汗酸凝糊成一種餿流在她大腦手足之間沉緩驛動，她初次感到那種放開自己讓異族融入來的同體感覺——在她醉暈過去之前，畢竟，她沒有忘記自己是個藝術家，不，攝影工作者，首席的，半官方委派的，她攤躺在石板庭埕中，用她那都市小姐長年養的白嫩手指，挑動一位圍酒中的青年魯凱，過來蹲在她身旁問她需要什麼，她酒唇迷離地咧開著，那雙嫩手指不費幾個指示就讓對方跨上她的胯骨間，同時一刻不知從哪裏她手中變出一隻特大號的鏡頭，對準臉上的頭臉和他耳後的星空「恰擦」一聲，還帶一道閃電的光，隨即她歪頭醉去：在夢中，她清楚曉得她剛按下了「千載難逢至少別人逢不到」的快門，真實方才為她打開了攝影大道的窄門。（我頗感動於這位首席的具體經驗：她先營造出一種氛團，奮不顧身跳入去，在墜到底的最後一剎，她還記得拿出相機來完成藝術家的「宿命」。（後來，阿邦多有怨言提到這位首席扮作男子，混在獵人祭中拍攝，直到好茶村長不悅的說：就是有平地來的女客不尊重我們的文化傳統。阿邦抨擊她不自愛到「人家獵人男人不能碰觸的傳統」。隔日，我們同上古茶，在卡露斯主持的小獵人祭中，有一位穿牛仔褲的女孩就在獵人營火旁拍個盡興，而其他女孩被趕到離現場幾尺的樹林中；我當時頗奇但我沒有直接異議卡露斯怕傷了獵人祭的莊嚴氣氛，後來曉得那牛仔女孩是某報記者，是來報導小獵人祭的可以例外。（我不願批判任何原住民的傳統，但顯然這兩次經驗考驗了「女人不得參與獵人祭」這個禁忌；當然魯凱的小女人不會多事去打破這個大男人規定的禁忌的。）

我想同是攝影同業的意見一定感觸阿邦良多，一路阿邦垂著頭思考著什麼難題；畢竟要走長遠的路，有些基本但實際的有關藝術問題要真正去面對。路旁有一家屋正準備著訂婚的禮儀，阿邦的鏡頭獵眼即時自「沉睡的問題中」醒亮了起來，他逮到盛裝的鄉代要他站到巷道百合花旁拍照，「為什麼你一定要我們直挺挺站到你按三次快門的時間，」汗下帶冠鷲羽飾的帽簾漬到繡滿百步蛇的領襟上，禁不住鄉代先生問鏡頭，「為什麼你不能只按一次就好？」阿邦只顧調著鏡頭與屁股的角度姿勢，當然嘴巴兀自嘟喃著什麼，按下第四次快門。

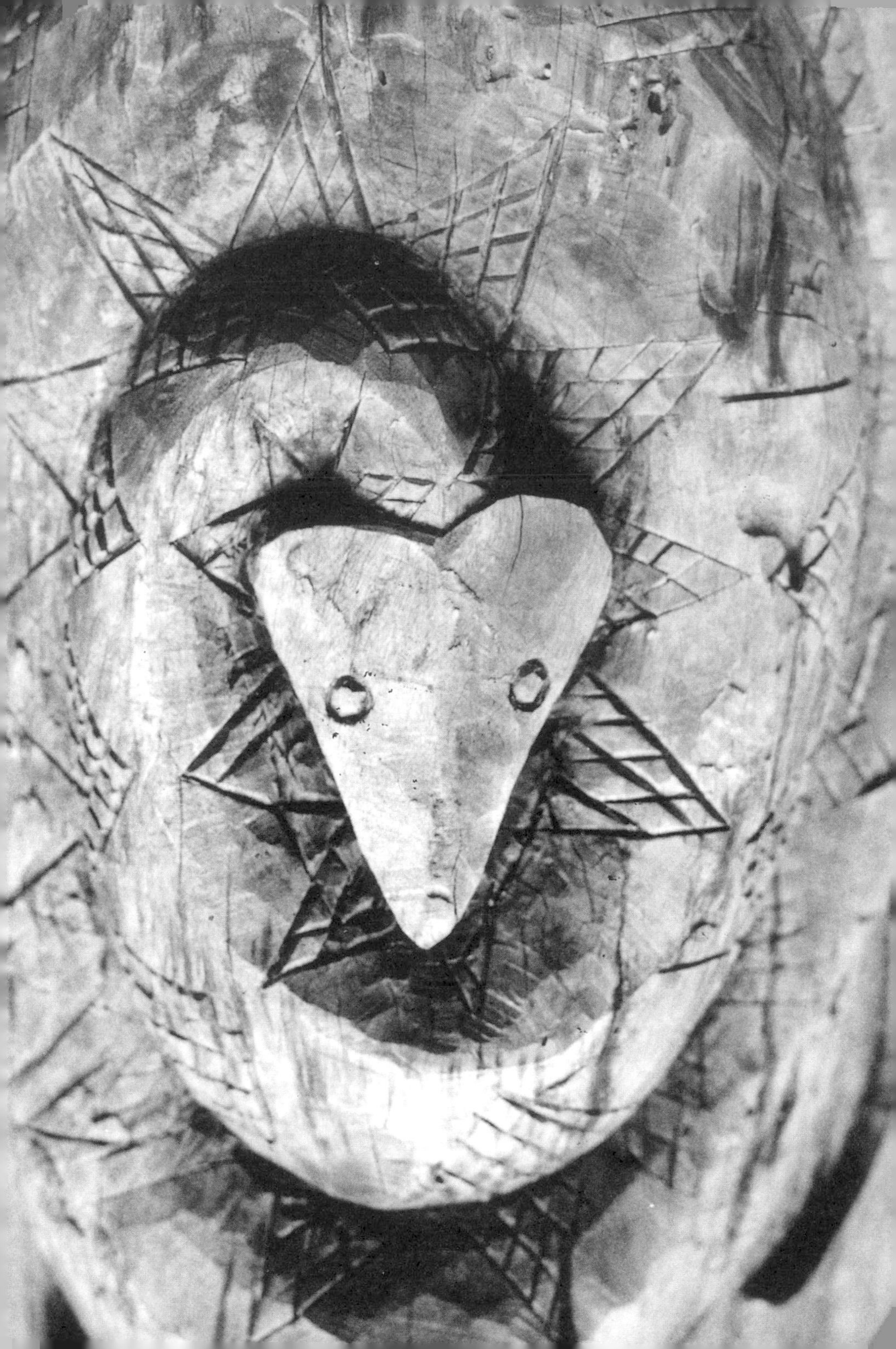

「好不嚇人」古流君筆記中的百步蛇

排灣古流君拿給我們看一疊他自己彩繪封面、手工裝釘的筆記本，內裏雜記著原住民各族風俗奇聞、羅馬拼音文字用法舉例，對某「大漢沙文主義豬」觀點的摘錄及其批判等等，更有許多以他母語拼寫的、讓我們頭痛又極想一窺其神祕的。後來，我在其中一本暗橘色封面的筆記中，驚見一條百步蛇頭尾趴在手繪的蕃薯形島國地圖上——那蛇尾，近尾巴處是大片的空白，空白循腹而上是荷蘭、西班牙、葡萄牙的小號國旗圖徽，再上是明鄭加滿清的皇朝旗幟，蛇頸壓著一張民國政府的青白滿地紅。（時隔很久之後，某日正午在做白日夢，在都市小套房窗帘掩死光線的黑暗中，那空白襲上我的眼簾，才悟到原來留空白那樣大的空間是供給「未來」貼更多「過去」的旗徽。）我凝視著那蛇的腰身雖然被標貼了各式圖徽，顯然那些圖徽本是牠身外之物，你看牠身子折轉出的曲線弧度，一種靈運生動的勁，不由得讓你明白土生土長牠無二心所以也無意識到恁多圖徽過海來貼膏藥會形成什麼「肉體上的重壓或精神上的苦悶」。最叫人肝膽心驚的是那百步的頭，「栩栩如生」四個字也不足以形容牠栩栩如生懸在島國南方尾端上，那頭的風姿我想只有用「橫霸霸的霸著」這樣的修辭才得牠的本相，讓你了解再怎樣的欺牠、逼牠、搾牠根本上動不了牠。

同來的「自然生態研究者」洪兄，當下被震懾得脫口而出：「我寧願是百步蛇的子孫——從今後我不再是龍的傳人！」（我不記得當時他舉了左掌或右掌作了宣誓的手勢，不過能繪出那樣細緻精靈的百步的蛇眼睛一定記得。）我同古流君一般低聲細語問他：這圖的構思、造型是否他的原創？古流君露一絲神祕的微笑：百步蛇造型、諸殖民國國旗圖徽、台島蕃薯形都是現成品，他只是「結合重創」成一個新的構圖。我直覺，這張構圖可以用作原住民「回歸、自決、重整」運動的圖騰，它顯現了形式上的原創性及內容上的衝擊性，將如血蛭一般吸吮住都市人被廢氣迷糊了的眼睛，那活生又詭險的蛇頭當夜必現身在都市人「政治社會版夢境」中蟒來蛇去，當鮮蹦的蛇身鑽轉在他們被「速食文化」腐潰了的腹肚內，難免有人會從殘存的「我們六〇年代成長的知識份子所特有的良心」吶喊：我替我們的「原罪」贖罪，今天起我甘願做牛做馬做你們百步蛇忠貞的子孫！（我看不出古流君有沒有被這吶喊嚇到，但他一定初次見識到「原罪」這個辭彙也可以有這樣的用法，所以他那一貫微笑著的唇角當下加深了彎度紋路。（聽說古流君自己說明他的唇角微笑不止迷人而且到魅人的地步，奧祕在於他唇線的起伏波動之間的細微完全符合第一道晨曦照在百步蛇身到滿天星光時牠的蠕動——這就具體見證了原住民族的神祕同樣存在廿世紀末的台灣小島只要你用心體會不止用眼睛，那就不必遠到亞馬遜河或南極地。）這種關係「原罪的贖罪」的可能性可能是必要的。青年時代，我親眼見一條百步蛇被關在細網欄的夜市，暮晚鬧熱起來後不久，那百步蛇被倒吊著剝了皮放了血，當場就有嗜補的都市人喝牠血清肝毒，（原來都市肝臟也有那百步不知的苦處它必須每天清機排汽排酒精鎮靜興奮安眠等等多重毒素，牠在山上養就的天然毒正好被有知識的都市頭殼抓來以毒攻毒。（寫到這「以毒攻毒」，不禁就想到四個字「以番制番」；自有清以來日據時期不時都有御用番兵，戰時他們的槍矛被借去對外，外不戰時被借來對內。曾經一度在卡露斯的廚房，曾見泰雅尤瑪，幾度想開口請教她「以番制番」的歷史問題應該怎麼看以泰雅的觀點，特別是霧社事件及第二次霧社事件，但在她大碗喝酒同時大聲說，「我覺得自己身上流著莫那魯道的血液！」當下我就瘞了問噤了聲。）剝了皮的赤肉百步就那樣在寒風中直吊到凌晨收攤。多少年後我聽說那百步在貫穿牠尾椎的鉛絲抽出後，即刻爬向一夜積的垃圾山藏在內底任憑助手小弟威嚇說要臨時砌成焚化爐牠也不出來，店主剝蛇人淡淡說，「隨牠去吧，日頭一出來肉都臭嘍！咱祖公祖媽保庇牠回去老家鼓舞更多尾鮮的來活剝皮抽血稅。」（你聽這店主人的咒語聲韻內涵單調無趣，遠比不上原住民族照顧周到獵來的頭顱。（後文明的都市人總要忙著把自己弄到很累很累，因此該好好說的話也說得不好聽，該作的小小禮敬儀式不是草草就是忘啦；如果你時光倒轉看到六、七十年前在部落正式演出的「獵首祭」，無論言詞、動作的那種原創性的純粹鮮活、婉轉又潑辣，你不得不慚愧文明都市人輸人家原住人民多多！）多有能耐這百步耐到夜市歇了後，（古時人不知「速食」所以多「歇後語」，現代人辦事講究速度甚至戴著碼錶在速度中辦事所以事後「一夜無話」，多虧原住民保存了優良傳統卡露斯說他們歇了後可以一夜情話綿綿到天亮，）趁晨曦牠沿著高速公路鐵絲網游行，（當年初上高速公路就疑為啥一路跟著鐵絲網，等到路肩停車尿尿才知道原來不可尿出鐵絲網外，後來我在某些特別火熱的場合見識到一種「蛇形鐵絲網刺籠」叫人不得從這邊到那邊，就有年輕人見不慣開始「蛇行」起來一直到今天凌晨：下回碰到古流君必要問清楚這些是否都是他筆記本中那條「百步靈蛇」的「身段」或某種

「象徵的投射」？現在，我們看又有一條勇敢的百步貼著鐵絲一路而來，才知當年普設塑膠鐵絲全為今日的「蛇行」，）蛇行下鳳山，過高屏大橋沙溪，經檳榔田芋仔田小米田，到山腳水門就近了家。牠累到不成蛇形地上霧台觀光柏油公路，過霧台時牠難免心慌因為嗅到似平地都市的政治經濟銅仔臭味，牠遠繞下霧台邊側上阿禮、去怒，好不容易回到原鄉小鬼湖。大鬼湖頭目即時派長老來慰問出大武山下到人海經歷如何、滋味怎樣？有沒有看到轟動全島的金絲貓野台脫衣舞？全身赤肉爛瘡的「夜市菜蛇」請求待牠長出了新皮，再拜見大小鬼湖諸山長老告知山下人間的事。

我從不自覺自己是所謂「龍的傳人」，愧對洪兄也罷我實在無感於「百步蛇的傳人」這幾個發自腹肚丹田的顫音。（猶記得當年每聽到流行到處的龍的傳人這首歌，手臂到肩胛背一定起雞皮疙瘩。（當兵時，晨起唱〈中華民國頌〉，晚點名唱〈梅花〉：頌的旋律響在山腳的清晨，我當它是一種靡靡之音來享受，梅花、梅花大家趕速度唱完它。年過四十，頌在黎明山巒的感覺仍是難忘，甚至沾帶了營側小湖潭冬來的水霧：畢竟夜總會首席金絲貓脫衣大自然，那種發自金絲披肩內裏「空白」的感動又有山水來襯，不是一輩子可以忘得了的。）不過，當時不忍辜負洪兄殷殷期盼的眼神，我俯著眼簾目著筆記本上那百步靈蛇：如此重大的精神圖騰轉換，有必要舉行一個公開、盛大的儀式，才能文宣、媒體出這種從「龍人」到「百步蛇人」在命運轉捩點上所負載的巨大意義及其價值。我建議洪兄，由古流君做保，先向國家文建委會申請一筆經費，（如果它小氣只給你意思意思幾個錢打發你那也不用灰心，在九〇年代「後經濟起飛」的台灣可以申請到小筆、小筆經費補助的基金會多的是。）最好在台北國際大都會，當然「國際妓院」的舞台最理想，再選個風雨的日子因為「風雨生信心」舉辦一場「有力者漢族人士自願歸化無力者原住民儀式典禮」。（觀禮者平等邀請有力者、無力者第一排必要安排給無力者，畢竟時代不同局勢不一樣，日據時期的無力者大多鹹魚翻身成有力，有力禮讓無力不僅是時潮所趨也表現出他們當年無力的氣度。（我頗欣羨二〇年代本島人創新活用文字的能力，「有力者」一出馬馬上「無力者」跟進，「有力、無力」這一雙辭彙既本土又前衛，以無力對有力顯得多麼有力，哪像現今我暫居處一出巷便見「爆走族」「原宿皮鞋」「藍星牛仔」「貴花田」「屈氏臣」。（連貴花田都上了老府城新台南的招牌版！我暗地發誓找一天好好踱過去看貴花他賣的是水田、旱田或相撲用田？）新聞稿當然要由自己來發，供給記者先生小姐聊作參考，不然記者普遍太忙想也想不到後現代的今天「異族通婚」已經是過時、落伍的模式，一個有良心、有實踐力的知識份子可以經由「精神大躍進」自大都市一躍入部落原鄉——這是「反同化」贖罪最具體的形式，較之九〇年代以來「先進知識份子／弱勢原住民」激變的關係也毫不多讓，說不定經由媒體文宣影像的相幫成就世界性的「典範」之一。「事關典範宜搶先進行，」洪兄連連點頭，我看古流君的唇線起伏平擺了些：你可以先向「原民」租一塊「原田」，契約訂定要回歸原民當年寫在羊皮紙上以記事符號標示，不宜在有花邊的現成契約書上寫現代不合時宜的文字同時也免了印花貼稅，隨後趕快學種小米不管你原先如何善種再來米或蓬萊米，不幾年這租田就現代法律走私成為你自家的所有權田，如果有「還我土地」運動你必要跟著去一回或兩回，一來表明你是部落人氏，二來既是同來抗議的誰會抗議到「抗議者」？不過，你要先選擇改姓尤幹或藍波安或卡露斯，（我當然贊成你改姓卡露斯，誠如某藝文空間老闆娘所說，「卡露斯」三個字的聲韻天生就有一種山谷的浪漫的氣質遠勝過海的藍波安。）可能，你妻不反對全家改姓卡露斯，但她放不下心在速食漢堡重金屬薯條成長大的兒子有可能適應「慢節奏吉拉布」的生活嗎？何況不競爭不升學不補習跟不上新時代新潮流新人類那兒子人生未來怎麼過？「部落電視普遍，」你可以如此勸進妻兒，在深山部落仍然清楚看見張菲胡瓜澎恰恰那就哪怕跟不上新人類、新新人類，再說出到有麥擋老、肯搭鷄的地方車程不到一個小時就到。

卡露斯先生對「歸化大事」比較實際。他說如果真的有心「回歸自然」，（他不好意思用「歸化」這樣一廂情願的字眼，）他可以洽商一塊小米田連帶一間小石板屋工寮讓有心回歸的都市人作短期至少一個月到三個月的「生活實驗」。卡露斯先生體貼地說實驗者可以先自己來，不一定要同時累到妻兒，要女人家捨得平地教「國文」的一份固定薪水，上到山坡地幫種小米樹豆、學竹編織布，顯然是大男人的意志在作祟。（我也同意這個世界所以混亂，全因大男人「慣性作用」用意志力把「硬到不能消化的」貫注到小女人的內裏：新品種「大女人」就是這樣硬撐起來的。（「魯凱的女人都是小女人，」卡露斯說，魯凱男人除了打獵出草諸事充大男人外，回家便是比小女人更小可愛的小男人，小男人有一顆把女人當作「琉璃珠寶」的溫柔的心，「即使八、九十歲的女人仍有一顆珍珠的價值，」有一回我們走過幾個夜醉的男人，「老男人就是廢物嘍只會喝酒喝到像沒人睬的老狗。」（這是現代啟示錄中的一句名言：即使八、九十歲的女人仍有一顆珍珠的價值。是先知卡露斯有以教我的最生動的一句話。））卡露斯先生對古流君標高百步蛇到「祖靈圖騰崇拜」不能全然接受，雖然我們都了解古流君強調他並非憑空圖騰化了牠實在百步蛇化身存在排灣族人生活的每一細節，諸如男人夜飲飆歌的輪轉方式、女人日常走路時款擺的風姿、他古流君言語動作間的陰婉氣質，無一不是發自內在存活著的百步靈蛇。我頗疑這可能是「泛百步蛇化」的思想在運作，比如平地的文化界近十幾年來有或無意識地受到「泛政治化」的思想所宰制，（卡露斯不願談論政治。雖然在好茶他每晚必看晚間新聞，但他沉默地看、從不發表評論。他對直接關係到政治的事務不感興趣，雖然最近他也站在好茶人反水庫運動「發言人代表」行列的末尾，但我感覺他像站在都市車水馬龍中一般不自在，雖然幾天前他遠到新竹天湖部落共同發起成立「少數民族聯盟」，但我懷疑他會站到第一線嗎，天生氣質會讓他是政治運動中「局內的局外人」。（我所以在八〇年代晚期逐漸放捨對政治的熱衷關懷，除了「黨外」已成黨，實在因為體會人生除了「政治」以外還有更寬廣的空間，更因為心領神會某些生命的「感覺」存在政治領域之外。）我們同樣厭煩那種泛政治化的心態，（所以當貞小姐問「有什麼不受政治影響的嗎？」我們都低頭沉默以對。我記得當時正吃火鍋大餐，我忙著嚼貢丸，卡露斯可能品味著豬血糕。）可嘆的是我們多少生活在泛政治的範圍內，（所以沙勒君不定時現身在卡露斯的廚房，還未坐定便滿廚房政治的氣味，「你們談什麼？」「文學，另外閒談一點藝術。」「哈！」沙勒君大聲哈說：文學還太遠了，藝術倒可以為運動服務作美工。卡露斯就問：登輝王有野心再續王位嗎？沙勒君頓時挺直腰幹嚴肅說這問題很複雜，還要針對整個情勢多作分析。卡露斯笑：你是魯凱的未來登輝你不知道誰知道？凳未熱沙勒君就坐不下去，蹦起身說還有重要事待他處理不能待在這閒談，邊說邊走出去泛政治的陽光下。）我們沉默地看著陽光下帶一層霧氣的山脊，風過相思林、櫸樹葉尖、檳榔樹梢轉過啞巴屋後的葉桃片再迴到黑細網罩著的小米穗，入廚房徘徊在我們的腳邊，「夏季後水大，」先生說，「在這裏可以聽到溪水聲。」我們可以沉默地聽，沉默地看，沉默地感覺。即使仲夏，午夜過一時，寒氣越過層層山巒自北大武迷漫到我們床上，我們翻身擁被同時清晰聆到暗夜溪谷的水激聲。卡露斯沉緩地說：在魯凱的語彙內「百步蛇」意涵有三：「牠」「那個東西」「這個好朋友」，有友善和平等相待的意味，對好朋友自然友愛但不到必要崇拜的境地；這正如先生和古流君彼此是相熟的好朋友，但他不一定必要崇拜「排灣第一雕刻家」青年古流君。循隘寮溪谷而上處處是魯凱、排灣的古戰場，戰到疲了時自然生智慧雙方就曉得用「婚媾」來和解——「只要做愛不要作戰！」我突然殺出這句西方搖滾黨的至理名言，也許因為先生好幾次提到他這輩子只「崇拜」兩個人，其一便是搖滾歌手佛斯特。「這問題很傷腦筋。」卡露斯皺起眉心微笑說：不作戰便出不了民族英雄伯楞・拉達巴丹。（當時，卡露斯正寫一篇〈英雄伯楞・拉達巴丹的足跡〉。）我提醒先生：今天太強調我族的民族英雄，不論發之語言或文字，對別族都可能勾起「集體潛意識中那道隱隱作痛的傷疤」。卡露斯的眉結更深了：有多少年頭，古茶布安的人不敢循隘寮溪下到平地買賣，必須翻山越嶺到台東找族親做生意。（伯楞．拉達巴丹當然是魯凱歷史傳說的榮光，沒有他就見不到今天的廢墟古茶布安。）我遲疑地說：傳說雖然不十分史實，但畢竟是史實的一部分，既屬「史實傳說」不管你我他必得接受、默認它。「也只能這樣，」先生顯然睏了，似乎貓頭鷹的咕咕咕對在地好茶人有催眠作用，「我並不清楚但我了解我所寫的英雄伯楞，他走過的足跡……永遠……」

我不肯定或否定「英雄意識」的價值觀，所以我也不界定一個人是英雄或狗熊，「歷史的榮光」是一種莫須有東西，雖然它對激勵人心、維持族群的生存有莫大的助力，不過耕作之餘每個人只要在芒果樹蔭或石板厝的陰影中涼快，就不必彼此戰戰兢兢成就「英雄的歷史」。不過，這些話很難對卡露斯提，因為先生常標榜的「雲豹的傳人」是魯凱族群中最最慓悍的——我對「慓悍」一詞感到一種生之迷茫。我寧喜鬼湖的戀愛傳說，鬼湖蛇王子迎娶魯凱公主的戀愛傳說是地球上最美的傳說之一；公主至今體貼地吩咐走過鬼湖聖地的子民要穿白衣，要噤聲禮敬經過，那麼百步蛇就曉得是遠親過境不得打擾——這些「美麗」先生都用漢字寫過、發表在報紙，島國大小應該都讀過，就有平地青年一登鬼湖便想作深山游泳池噗通跳下去差點沒有游回來，就有更多中年人捧著自己的神祇到鬼湖周邊蓋小廟「爭聖地」，至於留下日積月異的文明垃圾那是慣例了。

下回遇見古流君還要問一事：他的百步靈蛇「安位」在哪裏，為什麼不請牠率兩湖諸山長老管管這些至少處理一下文明他垃圾？——應該不會化作「飛龍在天」吧。

兩種風格：「爽朗」咯各．咯各對比「孤絕」比阿紐

好茶排名第一人瑞咯各．咯各一開始就接受甚至喜愛阿邦的鏡頭是有遠古原因的：傳說少女時代，她是唯一敢把眼珠嵌在糧倉的石板隙縫偷窺到列隊過境古茶布安的小矮人，那種「驚悚又鮮奇」的視覺震撼一輩子餘韻猶存在她的身心；比諸小矮人勁道十足的手腳，只會指尖輕輕一按「恰擦」一聲的阿邦鏡頭就算不得什麼罕奇的了。「民間田野學者」時期的洪兄，曾做文章發現小矮人又出現了，其一證據便舉咯各．咯各當年那「歷史性的偷瞥」。這個發現公諸於世時，報紙副刊主編承傳了自「黨外雜誌」時期以來做標題灑發粉的功夫，膨大龜為「台灣人類學與考古學的重大發現！」（阿邦在廠讀報讀到眼瞳糊了一層「不敢不相信」的迷霧，茫茫然他離了第一線打銅板到台大給人類學

系的助理小姐，在銅板落底聲中人類助理清楚告訴阿邦：事關飯碗之內的事不可能沒有注意到，不過學院對這種「民間報告」一向老神在在，因為幾乎所有的「私人重大發現」都通不過學院派的檢驗標準，此外，看在多回「好茶經驗」的交情上，她願意私下透露一點給阿邦知道所有的原始人類跟本島排名第一人類學系之間有個不成文默契，譬如小矮人逼得必要再出現搞什麼抗議活動會事先跟學系招呼報告。蠢蠢的心阿邦不能平靜，因為助理小姐沒有提到、或者換個角度說她沒有讓他有機會提到「重點所在」，等不及阿邦再電話到台南來投訴，原來洪兄的那個重大發現「重點所在」在於「竟然沒有任何一張可見的照片作影像的見證」，我長話短說怕他離第一線太久燒了起來：你說奇怪但並不奇怪哪個獵人上山會揹相機不揹槍？（卡露斯倒是肯定小矮人的「本島存活性」是可能的，然而是以另一種形式：不斷的通婚使他們的生命混血存在今天原住民族群的血脈中。在這第三通洋溢著追問的精神的電話裏，史官先生明白指示阿邦：你看你喜愛的咯各・咯各，她的母家一系極可能就有小矮人的血統。那，這就不奇怪她敢偷看舅家們排隊走路的姿勢啦。那就不奇怪咯各・咯各本人和她的兒子都有偏矮的身高了。我想起有回布農舒兒君半開玩笑說：他們自己也奇怪為什麼比傳說中的巨人祖先矮了許多。（再度，卡露斯安了阿邦一顆彷徨的心。但我頗疑「婚媾」的形式會使一個族群完全消失嗎？即如唐山客兄過海來鴨霸人妻人女一波又一波，還是有少數平埔仔堅持退到內山腳到今天仍明顯有平埔小聚落的存在。不久前我去左鎮看菜寮溪的化石，途中便見一座艷色的太上老君公廨，壇上供的長短壺都有——聽說這「太祖」是諸神中最愛駛小孩子脾氣的，稍不順心他便弄到你腳心痛牙肉腫：這不就見證這個族群的原始生命雖潛伏但仍鮮活的存在我們土地上嗎？島國雖小山多且高，濃密虯結的處女密林中「極可能」生活著小矮人大家族，史料多處載明小矮人智慧有多高、體力多麼不同尋常，要在密林中討生活想必是家常便飯屎尿之事，挖地道更是他們的拿手；你可以想像他們躲在地道中窺看自有清以來所謂「古道」的犁闢、修築到後來年久失修後的重新踏勘、規劃成九〇年代復古健行的熱門路線，你可以想見小矮人的地道歷古常新，「事物日用常磨就常新」這是簡單的生活之道，矮人一定心想：這些長腳腰的真是有夠笨！——做什麼事都是為暫時的吃飯利益或拉屎與拉屎之間的榮光。（多年來，我自家也有一史地新發現，還不燒到「公諸於世」的火候，不過說來既不燙口我也懶得不在此先洩它幾分給人「分享」不是嗎這是一個處處強調「分享」的年代：以小矮人挖地道的能力，萬古以來想必早已挖通海底地道直通原鄉南島，如此探親或移民來去方便得多，也可解釋學院的難題「為什麼小矮人突然消失在中央山脈」。我估計矮人地道應屬多層結構，矮人常年觀察螞蟻鑿道築巢就自然懂得四通八達多築幾層以應不時之需的道理。至今，原住民仍感恩當年向小矮人學習頗多，我設想世紀末世逼在眼前的台灣人或可借助「小矮人經驗」——澳洲不遠但地盤稅人頭稅抽得重，格稜蘭不知在什麼地方可以考慮看。）咯各·咯各第一特色在於胸前的琉璃珠串吊著她房門的鑰匙，鑰匙之為物本應藏在層層裤裙內，就只她一人的匙公然「叼吊」在貴重的琉璃珠，「匙珠相得益彰」畢竟第一人瑞的行事不同他人，其他婦人的匙藏在何處就阿邦兩萬卷不止的底片中遍尋不到。（這匙吊琉璃珠串的影像曾發表在民生報娛樂世界版，就有先天下之憂的人士說一見那匙冒犯了原始的胸脯就了然文明業已污染了深山部落，還好他沒親到好茶，不然見社區部落家家鐵窗真不知要「原始失落感」到何等地步了。鎖匙文化隨著二級古蹟重建計畫侵入古茶布安，卡露斯暫住的小石板屋門不得不掛上對號鎖，不然內裏的「不是寶物」隨時被登山朋友或「純真的」大學生拿回去做紀念品；最近卡露斯更有種「寂寞的失落感」，鎖被撬開，丟掉什麼東西沉浸在「失落於寂寞的美感中」的卡露斯也不願詳查。只有力大古的大石板屋是終年不上鎖的，還備有睡袋、防潮塑膠布，庭院梧桐樹下有可以靠背坐著的人像石雕，究竟大師風範到底不同。（親戚某女士是慈濟功德委員大悲心說：哪天我們慈濟組團上山去看看她赤腳那樣是不是需要慈善救濟，最好我們事先做好一百零八雙繡花包仔鞋作見面禮，看她老那樣無依的模樣真像我們都市黃昏街頭的鑰匙兒童！）比起她現今百六或七或八歲的年紀，那年在暴風雨中從台東翻山回來失墜谷中的中年丈夫算是早夭了，好在封棺前，咯各・咯各即時拔下頭上的百合花拋入棺中。（這個拋花的手勢，貞小姐以為可以列入人世間難得美麗的動作之一。（我難免想起某國古典小說中黛玉葬花的那個手勢應該可以差堪比擬。（就這個拋花的動作，據卡露斯說，就保證她將來會在聖地巴魯冠與丈夫卡里馬勞相會，一起過著「永恆的愛」的日子也不枉費了她貞潔久寡的後半生。）不過，從此男人只能在午夜夢迴時思想起她新寡的淒艷了。（趁咯各・咯各還在人世，魯凱的母語聖經應該慎重考慮新添詩篇一章：「咯各・咯各和卡里馬勞的永恆之愛」，以稍遏止不斷升高的部落離婚率。）聽說，尤其親眼見她少女美色的力大古晚年親口說，那樣的美色註定維持到九十幾多歲；常有都市來的小姐圍坐摸著、捏著她的手肘、掌背不放，怨嘆自己的化妝品保養肌膚不如老人家的天然護膚，其中曾有位專業美容設計的看得最仔細，不止手肘腋肉還有不墜的胸肌、其上頸肉褶紋的細緻，以她專業頭腦技術本位當場標本了一套「好茶純天然美膚術」帶回去申請專利。

卡露斯先生特別訪談記錄咯各・咯各的口述傳統。離開古茶布安時她已經九十足歲，整個孩童、少女、姑娘、少婦、中年婦女以及老婦前期都在如今已成廢墟聖地的古茶布安成長、生活。所以今天你要了解昔日古茶布安的生活誌，甚至遠到魯敏安、巴里給希基這些魯凱祖先居住過的聖地，與其問卡露斯不如請問咯各・咯各，當然你必須請一位好通譯（這位通譯的最佳人選不外「史官」先生卡露斯，）漢語她只會說「謝謝，康力有」，日語她會「阿利阿多，沙喲哪啦」。（人瑞通靈到「康有力」禁不住她口念三遍會自動從架上爬下來一路滾到她的長裙緣隱了進去，待到雜貨店胖老闆尾隨趕到早不見瓶的影子，眾人目睛注視他咻喘個不停都等待他做出下一個動作，可惜三歲小孩也知少女的長裙掀不得何況久年人瑞的！（獨獨「康有力」這東西，在雜貨店是用鉛絲綑成一氣綁死柱子上。有回，我去買兩瓶作禮物送人瑞，那老闆胖大手指尖解那纏人鉛絲就花了半小時多，還一面嘓罵「幹他媽的乾脆不賣這東西算啦！」「不賣就不賣有啥關係？」我還擔心他真不賣。「哼不能不賣會引起公憤，」胖老闆遞給我兩瓶康有力時笑開只有小雲豹才有的笑容，「那老人家是我們好茶第一寶貝。」實在，康有力自己滾過巷道時部落小孩見了都不動心都知道那是超級大祖母的。）午後四時陽光弱後，咯各・咯各漫步到前鄰長老厝簷下織布或做肩揹袋，幾位七、八十歲婦人就會聚過來各有各的手工藝，「咯各・咯各——康有力！」阿邦老遠喊，「康有力——咯各・咯各！」這幾個字的發音由阿邦帶平地草地鄉腔喊來別有一番風味，人瑞午後猶帶睏意的憨臉刹時爽朗開啦。這場景是阿邦鏡頭最感溫馨的時刻，他喜愛一張照片中容有多位「老祖母」的影像，其中當然以最大人瑞咯各·咯各為主角，他常常蹲在一旁盯著場景像是呆掉了，婦人們也頗習慣這個「恰擦人」隨時隨地就呆；其實他是在「影像思考」要怎樣讓最大的主角在次要的角色中坐成「記錄性兼具藝術性」的構圖，好在他阿邦屁股蹲起蹲落勤快，老婦人家可以就習慣的記錄性位置不動坐到黃昏你阿邦要請她動到另一個「記錄性的位置」她們故意裝作聽不懂；不過在我旁觀看來，不管情勢如何都不會是白花，阿邦移動頻頻的屁股姿勢角度自身成就了至少「藝術性的構圖」，共同參與創作了當下片刻好茶黃昏的美景——宇宙超鏡頭無時無刻不攝下任何影像，如此想來阿邦鏡頭就不用擔心太多了。（雜貨店老闆娘心軟故意鬆綁一瓶兩瓶康有力，老闆不定時巡視不定時發現也不吭聲綁了回去就是，）咯各·咯各等不到康有力她的花長裙就抖起來顯然那內裏的腳脛交叉不止到歇斯底里的地步，阿邦的鏡頭獵眼這時被那裙襬的「抖」迷住了，我看不下去大聲宣布「我去看看康有力是不是還在洗澡，」同時會有其他婦人提出「米酒米酒」的要求，可能她準備晚飯時用來添山豬或山羊肉湯的腥香——如是，康有力加米酒「晚霞、彎月、人」都皆大歡喜了。（阿邦過來抱憾我買得太快回來，他初次捕捉那「裙襬之抖」一時不能把握，正在拿捏之間，忽然那抖停了。我安慰阿邦：下次機會還有，不如我們也買瓶康有力回去配大鍋菜，品嘗一下咯各・咯各的最愛。）阿邦堅持不給現鈔，寧可送禮檳榔、自家裏冰箱一路帶上山的冷凍三層肉、米酒康有力，他不屑學日本人的壞模樣拍完照馬上哈腰送上現鈔。（「又不是嫖妓，」我心裏說。（不過，卡露斯對這事有不同意見：禮物不比現鈔，禮物固定死、現鈔活翹翹，在他田野採訪過程中，他逐漸發覺幾瓶酒配下酒菜愈來愈引不起老人家的談興，有的老人借酒胡說你知道他自己知道在胡說可是又不能當場撕下他嘴皮不然下回甭想要他開口；這時若先擺明事完之後每人奉上現鈔幾錢作為薄禮，錢的數目倒不重要往往老人家沒有數目的概念只高興有錢可拿不是白費唾液，立即正襟危坐讓你不由得振奮起來共同完成豐收的一天。「現鈔用處微妙如此，」卡露斯感嘆，「時代變了，三歲小孩銅幣拿著可以買雜貨店乖乖軟糖，孤居的老人家有錢可以買泡麵、長壽或老米酒朋友。」（我思考著貨幣之為用，老半天才問了一句：有無可能在「禮物」和「現鈔」之間達成一種「平衡的和諧」？卡露斯思考我這個問題直到金星好大一顆落在活動中心的橢圓大蓬頂上，才說：現鈔就是「變相的禮物」不是嗎？禮物就是禮物，為什麼換個形式就不可以？生活要達到和諧最難，「平衡的和諧」這東西我一直想不出是什麼東西可能還要更難。我笑說：我也喜愛現鈔，禮物我拆都不拆直接丟進垃圾桶；不過，還有比這個更難上加難的——

不思不想最容易也最難。沉默了一會，卡露斯說他想起了啞巴朋友，我說我也是。「我們曾經有過不思不想的年代，」卡露斯說。）曾經有位中年婦人豎著一隻食指擋住鏡頭不放，阿邦各族會話都搬出來說了就說不動她食指豎著一隻不動大約要百元鈔票一張，阿邦掉頭走也不是不能壞了魯凱人情何況他剛叫人擺姿勢鏡頭獵取了人家額眉間的草花頭飾，鈔票固守在褲袋內不是捨不得而是開例不得，這樣弄擰了雙方三刻鐘有餘橫在巷道好在山中日月長，虧我後來路過嗅到山氣中人氣有異，阿邦近來說明煩惱，我逕直上去也豎起一指，更長、更挺、更堅硬，如此對了三分鐘不過，婦人的手指軟了下去收在小腹上同時眼臉泛起帶臊的笑容。

這第一人瑞可能是阿邦膠卷世界中的第一大戶了。耳聰目明的咯各．咯各有時會扒過阿邦的鏡頭對準什麼就「恰擦」「恰擦」，隨後童女般呵笑——聽說萬一被她正面恰擦到的人不是早夭不到五十就可能活拖過百歲。相對咯各．咯各的「爽朗」，鏡頭要有能耐面對不同的風格，比如九二歲的獨居老婦比阿紐的「孤絕」。阿邦用蝸牛肚的腳法爬過她種著小米或芋葉的庭埕，蠕近正在厝簷下縫補著什麼的比阿紐，初見阿邦鏡頭的比阿紐用喉結逼出一聲「嗤」，待到恰擦聲起，這嗤音明顯轉成「嗤呼」再轉厲成「嗤喝」，同時她撇下手中的工作用她那「勾魂攝魄」的魅眼凝瞪阿邦，（我原本用「厲眼」

來形容，但不止是厲，我又借了現成語「勾魂攝魄」來加強，我真正感覺是：一種帶鬼的魅，眼眶內有深淵，）阿邦平生第一次撞鬼逃了出來，踩壞了人家七八支小米穗。當夜，「專業魯凱攝影工作者」阿邦躺下過了五分鐘還不聞他鼾聲，他憑不知第幾感感到比阿紐那樣「不僅獨居彷彿獨樹一人」的形象，一定可以拍出「在原始部落少見的孤絕影像」。（「孤絕」是我在夜暗的床上鬼畫符不巧被阿邦辨出恰好用來定義老婦比阿紐的辭彙。（後來，卡露斯耳聞這「孤絕」不能充分了解它的意涵，待到翻了人家送的國語大辭典後，他愁眉結上額頭說，「我們單純的好茶人擔得起這麼複雜的東西嗎？」我趕忙稀釋一下：「孤絕」也很單純，真孤絕的絕不複雜。）隔日早起，比阿紐在前廳月桃蓆上織布，阿邦自後廚房廢冰箱旁潛了入去，就蹲在牆內角的暗影中，比阿紐專心一志手勁腰勁腳勁同一運作在織布架上，再無餘心餘力喘喝那把背駝得像小老鼠偷入來覓東西的阿邦，她分辨得出這年輕人的背駝三十度跟當年那些日本矮冬瓜的水平哈腰其間的真誠有檳榔與冬瓜的差別。她不屑阿邦的什麼鏡頭；自她少女時代以來就不斷有巡查大人帶各種「怪頭」來獵取她的人頭像，聽他們讚她的人頭長得「怪美」或說是她有一顆「有魅力的人頭」，後來自己跑來亂拍的專家學者兼觀光的更多了；有人拍完塞過來不知哪一國的紙鈔，她是一例不接的她的魯凱國不發行紙鈔她沒有紙鈔經驗，有時他們強棄在她的裙兜或床鋪，她用指尖捏著一角到灶口當紙材燒了。（卡露斯感嘆：實在貨幣當時無用如此，即使後來實際上開始有用，但精神傳統上還看它是無個用處，老人家拿來擦屁股還嫌小，當燒芋頭的燃料還人用了它。（卡露斯這番話，我親自體驗到它：在我反體制自閉時期，不時人家好心送錢來慰問，我將就讓紙鈔鋪開充作屁股墊以免濕了床單或原本半霉的床單漬了人家的屁股，可憐多是百元大鈔都要弄到一團爛糊沼，我抄起來捧到廚房加兩個蛋做成煎餅當宵夜，剩下的還可讓人家帶回去作見證：見過一面的證據。）這天，阿邦的鏡頭獵眼獵到那直挺挺頂在織布棍的腳拇指，他趴下身貼緊地面特寫「織布中的魯凱赤腳拇指」，其間只一次跪起上身換了新的膠卷，隨即又趴下去特寫拇指的各種方位不同風情；比阿紐終於接受阿邦這種趴貼石板地面專攻她腳拇指的姿勢「不可能是一個不友善的陌生人」可能有的「持久姿勢」。阿邦收拾鏡頭臨出門檻時，比阿紐遞給他一口檳榔，比手勢要他等著，她入內換上一條水花色長裙，出來端坐門檻上，一面將到腿膝的長髮漫下來，眼眸凝望不知何處的遠方，終於成就了那張阿邦的代表作之一：「坐在門檻的魯凱人瑞」。兩年後，在台南某藝術中心展出時，阿邦特別搬了個畫架放它在入口處，架上只擺一張比阿紐的魅影，那影像長髮漫肩，背景暗處是她家屋內壁一片黝黑，我曉得那黝黑中掛著一張鄉公所頒的匾額「模範母親」；同頭目家大公主「幽美」莫妮一樣，比阿紐從不凝對鏡頭，你看她眼眶對著鏡頭了其實她是凝望著「遠方逝去的某一個不確定的所在」，臉上沒有任何表情自有某種滄桑了人生的威嚴，（我感覺這威嚴勝過部落中掌權的三大巨頭，卡露斯詫異問「是嗎？」我說那當然，因為比阿紐的威嚴是生命透過歲月自然成就她的，巨頭的威嚴則是世俗的塑膠花圈暫時放在他頭上的，）那眼瞳可以穿透每一雙與她對視的眼睛，尤其是那些時時不放過「探索自我心靈」的都市女孩。（可惜貞小姐初次上好茶時，比阿紐臥病閉居；再上好茶時，比阿紐已經下葬。不然，以貞小姐的靈慧加上她天生的文字修辭能力，感動之餘可能說出如是亙古名言：只有比阿紐——這個人可以在瞬間穿透所有陌生的「追尋的心靈」！（可惜就欠了貞小姐這句棺前定論，否則再怎樣我也會堅持卡露斯在村民大會上堅持建議為比阿紐立碑，——一個部落甚至一個民族國家要出現這樣具有「穿透力」的異人不是容易的事。（我想到一個比喻：比哈雷再來更難！（如果官家不立，我們也可以諒解那是看不起小女子的心態在作祟，不然就是他的「官方化」的頭腦是被國家牌水泥糊過了的，當然沒有辦法穿透到比阿紐的「穿透力」。那，我們就自己來替比阿紐立碑，將貞小姐那句雋語蝕雕在我們的心臟直到確定它具有亙古的性質。（詭異的是，有多次機會，我觀察員一般隨在阿邦身邊，但比阿紐從未正視、或者說有意避開、更不用說眼瞳對撞眼瞳試著「穿透」我的眼睛了：她大約憑經驗直覺這也是一個「魅中人」，魅與魅是彼此不打交道、一眼都不相看的。）

「孤絕」比阿紐所以接受阿邦，有一個只有她知曉的原因。多年前她自殺的大兒子駝在阿邦揹相機的背上，徘徊在家屋庭埕的鐵絲網內外，尋到廚房後側缺口跨了進來，摸入屋內午後安靜如從不插電的冰箱是她都市女婿孝敬模範母親的廢物，隨後兒子長久蹲在床鋪側守護她的咳痰間歇著如被棄在荒山坡一頭垂死老猛獸的噉呻。當她聳起枯枝肩背伏在床板上咳到不堪，阿邦想伸手去揉平她的背咳但又縮了回去顯然他顧及規矩森嚴的「百合花制度」，大約是兒子無所不在吧領著阿邦去廚房裝了一窪水，她拉長頸背懸出床外對著那窪水咳，水與水間的親和力彼此就讓她咳出胸口悶的那口痰，還絲黏不斷一綴綴成就一窪黃褐的痰水。這些動作同多年前相彷彿。那個黃昏，兒子是來告別的，那時他近四十歲了吧從未婚過卻在這年初戀上部落中頭目之家的少女，少女不是嫌他不夠俊，也並非「失墜中的貴族權威」還在展現它的傲氣，而是彼時一位平地上來的小學訓導即將調回大都市的繁華去，少女夜夜跟那訓導在溪畔坐到夜深，想見作訓導的慣於手繪各樣小學生未來的理想藍圖在掛板上他手繪多彩的霓虹燈未來藍圖在她手掌上或大腿上也未可知。情人告別部落的前一夜，兒子打破一瓶米酒將它敲成可以吞食的碎片片，為了胃的苦，他先灌了兩瓶公賣的龍鳳半嚼半吞半打檳榔，檳榔粒是為了撐開喉頭肉，龍鳳可以加速玻璃碎片的揮發性，他獨孤一人在溪畔巨岩陰影中進行這「偉大的殉情儀式」想必母親比阿紐坐在暗夜門檻的眼睛清楚凝望到，少女和平地訓導為了紀念性這最後部落之夜當時就在巨岩的另側陰影中同步進行「靈肉合一的儀式」，配合每一次骨盤衝擊骨盤的爆噪聲，兒子就吞下一顆玻璃碎片——魯凱男人的痛苦是不能洩出喉嚨的，倒不靠急流的溪水聲多少遮掩了人為的聲響動作，而是當你全心傾聽什麼你就能聽見而且愈來愈明晰：兒子靠的是祖傳祕方「雲豹的意志」。（我幾乎可以肯定好茶人卡露斯也不知道這段「殉情史」的詳情，他沒有聽老人家說過，在他田野調查的筆記中也從未出現過。我所以「知道」，是以長時期的觀照同時「藝術的想像力」不斷在觀照中浮出明晰的影像。因為悲傷，我遲遲不能啟口重述，在此——在這篇小說中的「現在」我願意告訴卡露斯有關比阿紐大兒子自殺死亡諸事，想必卡露斯讀了相信，因為某種「美」，我勸他不必為這事做任何的田野調查，或許也因為某種令人無言以對的「想像的真實」。）

隔晨天亮不久，族人抬回兒子放在厝簷下，比阿紐盤腿坐在門檻內側陰影中，漠著臉面著兒子分秒向著死亡。她揮手要前來探看、慰問的人離開；聽說頭目天亮後下令女兒跟訓導一早離開部落到平地都市「思過」快樂去。午後兒子的胃起了激烈的痙攣，可以確定沒有半絲呻吟出他的喉口，（想當然他當時可能聽也沒聽說過「雲豹的傳人」這個名詞，但那點痛在「雲豹傳人」的身上是出不得口的。）比阿紐用母親的眼神透入兒子的臨終之眼，直到黃昏暮晚，沒有半句問話，也沒有半句慰安的話。就在這夜深人靜時，比阿紐用她花裙子結成繩索圈緊兒子的頸子，一步一步向山坡走去；天亮時有人看她空手回來，沒有人敢開口問她半句話，包括吃聖經飯的牧羊人先生，因為那直瞪遠方的瞳睛所散發的「氣」不是任何人的手或語言敢去碰觸的。——我所以想像阿邦是比阿紐那自殺同時復活的大兒子，而從未當他是那自我放逐遠洋漁船不知消失何處的二兒子，全因比阿紐後來自動坐出那樣獨特韻味的魅姿以供阿邦的鏡頭，我不能肯定她是否了解「攝影」這個藝術性的東西，她那坐姿影像可以拿去坐在任何世界性的攝影大拜拜，多次阿邦拿給她看得意傑作，她隨手翻看見而沒見，她是透過鏡頭看見因為自殺永不得回歸聖地巴魯冠經年遊魂不定的兒子，也只有那樣死法的兒子會了解母親那樣風格到「孤絕」的後半生。（貞小姐如有一面比阿紐的機會，必然當下悟道這老婦竟與我舞鶴同一生命韻味：自閉在自我墳墓的孤絕者，偶爾自墳草中發出胡言亂語，猶如夜半墓地的鐘聲，臨睡前她是不敢聽的。）卡露斯先生感嘆：就因為沒有兒子幫她搬石板，所以沒有個像別人家一樣漂亮的石板庭埕，只好用來輪種小米、芋頭樹豆。我這業餘攝影喜歡拍下她晾在小米田庭竹竿上的花裙子，魯凱老婦到了百歲還天天一襲花裙子，有碎花有雛菊有百合花；我感覺那裙子的花色，不，花裙子本身，一直蠱惑著我「內在深處的某種東西」，不是性慾的，而是近乎神祕不可方圓的。有回，比阿紐晾出一件大紅內褲，我靜靜拍下花裙子裏外，當然沒有遺漏那動我心魄的大紅褲；我不跟人說，照片也不示人，因為「專業魯凱攝影工作者」阿邦的鏡頭從來無感於這些。

兩種辯證：「跟進」同時「尋根」阿邦、「寫作」同時「運動」卡露斯

猶如他騎機車上山的頻率，阿邦認真學習的速度，很快破了「素人攝影家」的形象；相對我們這些讀了太多有用無用之書的，我原本十分珍惜阿邦的「素人」特質，可能一個「素人攝影的」更能拍攝出山林中的素民吧。（不過，我也同意貞小姐所說「最後根本沒有素人攝影家這類東西」，因為構造繁複的相機，不比單純一枝素人畫筆，敢自稱「攝影的」從接觸到探研相機文化必然要落實技術本位，這個發展過程很快會蝕掉他本來薄弱的「素人性」。（內在不甘於「永遠素人」，外在的繁複性無時無刻不摧毀「素人性」：如是內外交攻，你要他素人也難。）九〇年代初鏡頭攫到了「魯凱」的阿邦，很快給了自己「一種對魯凱這個族群的使命感」；使命感這東西在二十歲的年輕人是一種會「淚化了的青春」，但在四十出頭的阿邦身上就是某種越像頑石或磐古石板一

類的東西了。阿邦的「使命化」動作朝兩線發展，一是「跟進」，二是「尋根」：跟進當然是為了跟上時代的鮮度，他勤讀有關原住民族在魯凱尤其好茶的資訊，起先他默默地聽、默默地做筆記，到後來他發問勤快、筆記文字如膠捲底片愈積愈多，現在他出現在必要出現的場合並不時提出類批判性的意見；尋根活動他是僅可能與會的，他幾度與好茶人一起「再回歸、再肯定、再出發」中同上古茶布安，當他看到一位三十左右的青年魯凱徨徨在馬櫻丹中找不到昔日的家屋而哭時，阿邦也跟著哭到找不到。

卡露斯先生感動阿邦這種情不自禁、情動於中的哭，肯定他的血液至少已同化成為半個魯凱人。社長沙勒君則老覺得阿邦在廢墟窄小的通徑中礙事，「不拍照不工作就請讓開，我們還有許多事要做，不然放下你的相機一起來做。」阿邦當然是不肯放下相機的，所以後來沙勒君率領一群少年魯凱闢出相思林間一塊空地，還搭了一座小小的司令台，阿邦都在現場作了第一手的影像記錄。（沙勒君的原報常常「借用」阿邦的影像記錄，刊載或幻燈座談或配合活動作小型展覽，影像內容「本來就是自己部落的人事物」當然是不需付費的；阿邦只堅持不要忘記在照片旁列上他的名字，而名字三個字往往錯了一個字，而錯了的那個名字剛好是在恐怖五〇年代被槍斃的某位名人。）當夜的「尋根」摸彩同樂晚會，就在相思林間空地上進行，一眼望去是昔時國小教室斷垣牆壁的久年漬斑褐，上方水源地傳來永遠的瀑聲中，當然先由牧師率領禱告什麼，村長長老接著一一上司令台講話，（禱告之必要是不用說了，你看在這樣的活動也需要一座竹子搭建的司令台，讓人想起再怎樣深山的國小學校都必要一座水泥司令台，更不會忘記配一雕偉人銅像，（如果鑄不到銅的那就來個石像偉人，如果你從「尋根」的角度來看那就「想是必然」，因為今日的司令台好比昔日頭目家庭埕的立碑台。（卡露斯最討厭「禱告之必要」，因為無關活動胡說什麼。）可惜沒有邀請卡露斯先生說些廢墟星星的故事，摸彩時大家無精打采因為在電視上、同樂會上摸過太多彩了，還好村長及時宣布宰殺一隻羊犒勞大家尋根的辛苦。（羊是村長放養土生土長隨手抓來就殺的，兩年前村民大會就決議請村長「放捨」這批山羊，免得他們破壞路基、踏垮石板屋頂，兩年後這批羊還是「自生自滅」到可以讓大家喝到滋味鮮美的羊肉湯。（「羊一頭如今市價七千，」所以那湯當然鮮美，不過卡露斯是不喝的，「這是變相的賄賂。」阿邦吞了一半的湯硬是嘔了出來。）不過，當夜最重要的講話當屬報社長沙勒君的「宣言式訓話」：他訓誡來者回歸不是要真正回到傳統去，而是要在傳統中找到有意義的、有效益的、可資再利用的資源，作為向壓搾的、不公平的體制發動反擊的「現代＋傳統」混合彈藥。（在阿邦鏡頭的不斷閃光燈中，大家都低頭聆訓。（這種宣言式的訓話和他報紙上的宣言式文字好像一對攣生兄弟，相較平地那些走江湖的「政治宣言人」吹的調子同樣好聽。）午夜時分，在卡露斯先生的小石板屋，石蠟燈火中，卡露斯淡淡說：「回歸」是要真正回到傳統、活出傳統。這時，幾個城鄉所的男女生正在鬥嘴著什麼，阿邦的筆記正記到剛剛沙勒君的宣示忽然插進卡露斯的話來一下子筆被扭到兩頭楞住，他看著卡露斯那眼神期望「卡露斯語錄」的錄音帶子能夠倒轉到先前一句；先生喝著樹豆湯不再多說什麼。我小聲告訴阿邦：「尋根」與「跟進」其實是一體兩面，同屬運動中的辯證發展。阿邦要我再解釋為什麼「辯證發展」，「阿邦，」卡露斯替我解圍，「喝一大碗樹豆湯保證你明天起來腸胃清潔溜溜，」先生順口吹熄了燈火。研究生男女繼續出到月光下開閤嘴巴，阿邦鏡頭跟出去再巡禮一趟不是最後的、就是永遠的「尋根之夜」。

今夜，對卡露斯先生最大的困擾是：沙勒君所領導的「運動」令他無所逃於古茶布安。為了逃避不時來訪清談的平地朋友，不時來邀喝酒唱歌的部落族人，卡露斯棄捨了好茶的居厝，退隱到古茶布安廢墟中的小石板屋，「但是也有人不惜身體的勞累找上來的，」卡露斯既無奈又感嘆。我也替先生感嘆說：如此聲名在十年前是不可想像的，大概要拜九〇年代洶湧的「原住民運動」之賜。只不過，運動有綱有領接二連三豈是容易對付過去的；像最近他預計寫「好茶第一雕刻師力大古」的生平評傳，梧桐樹下的座椅還沒坐熱，就被山下的「運動」召喚了回去。「不回去參加，心裏不安。」卡露斯先生掛慮著山下村民大會的討論、決定是否得當，擔心自己不參加是否妥當？（他回鄉後從不踏入聖教堂，已引起部落某些重要人士的注意，他們必然要檢討到他神學院的出身，還要追究他是否有某些不當的言論。）既是「部落命運共同體」的一份子，就不能自絕於「運動」之外。我在縣政府正面廣場見到卡露斯先生，頭頂白色圓氈帽，腳踏藍樸涼鞋，灰色西裝褲，白襯衫套著傳統黑底黃色紋飾外衣，是「運動」編制內的發言人之一，跟在抗議代表隊伍的尾端走入警察圍堵陣中，臉上一無表情，他那張嘴巴只是列席，在陳情抗議場合中從未開口說話，大概也無機會讓他說話。同一天早晨，某報副刊刊出他為「運動」寫的一篇長文。顯然，「運動」將卡露斯納入文字義工，又要他親身站在第一線上。我懷疑，是否有魯凱人這麼思考過：卡露斯先生以文字記錄族群傳統文化的工作，在因緣際會的九〇年代可能是最緊要的，我們要留給他個人時間、空間以及必需的幫助，讓他至少在十年間完成這龐大的事業。他的文化記錄工作不只是在書桌上磨菇就完成得了的，以他五十歲的年紀，面對自己的傳統文化自己仍有許多不明白、不清楚之處，他必要到別的部落訪談，親自去探訪舊部落廢墟，隨身帶著錄音機、筆記本、相機：他不是一個「偶爾寫點東西的閒人」，他閉起眼睛來都會面對整個魯凱祖靈殷殷期盼的眼神。（這就是「使命感」了，貞小姐很快的看出：阿邦「專業魯凱」的影像使命感來自卡露斯「對整個族群文化的使命感」。而我則是偶爾寫點東西的閒人，雖然自己說是從現實出發，但貞小姐一語道破：大部分是「想像的垃圾」。）

有一度，卡露斯先生在力古家屋內擺一只圓甕，甕上平放大塊木板當作書桌，臨窗便可眺見雄美的北大武山。（這個書桌可以入選九〇年代台灣最克難的書桌之一；如果將它放到裝置藝術或環境藝術展覽中，可能連得幾項創意大獎。（阿邦也記錄了「卡露斯的寫作生活」，其中這張卡露斯伏在圓甕木板上寫作的影像最叫人「觸目驚心」，影像動作本身的意義是不用再多說了，再說也只需說是「九〇年代第一位以文字記錄魯凱文化的工作者」，倒是影像洋溢著一種神祕的美，令我直覺感到卡露斯的墓碑照要的就是這一張！）現在，他把一台日據時期遺留下來的老牌裁縫機搬到梧桐樹下，上面平放一塊石板桌面，座椅是石板塊疊就的，如今他在這裏寫作，背靠北大武山，面對小石板簷上的相思林，林後是源流不止的瀑布。（我頗慚愧我的書房夾在大馬路與後棟學生大宿舍的浴室間，午夜二時還聽得見機車在馬路上暴噪同時後鄰男生的沖澡聲緊隨著賣力搓衣聲。這時，卡露斯習慣在石蠟燈火下寫作，在山巒環繞的「寧靜」中，祖靈都回來圍坐桌旁，恬靜地看著筆在紙上舞動。）有人看卡露斯先生「伏案」的形像四不像，（真想問魯凱的祖靈覺得看來如何？）因為那樣粗大的手指不是用來夾小筆桿，那樣寬厚的肩膀看來倒合適扛運動的大旗。這如果是出自「運動意識形態者」的批評，那先生也不十分在意，因為狗不拉屎才怪；不過，類此的批判也來自學者準博士一類的朋友，說「寫作」對現今攸關原住民命運的「運動」是一種「逃避的動作」，那先生也不得不對「寫作」做嚴肅的思考了。我婆心告訴卡露斯先生：「運動」永遠具有「暫時性」，雖然它有即時可見的現實效益，可以內在肯定自我外在滿足成就，但它不是可以傳之久遠的事業；而先生後半生要做的可能就是這樣可以傳之久遠的工作，不管使用漢文或羅馬拼音，都可以讓「口傳文化」中的不確定性沈澱下來，我們預期將來有一天，魯凱兒童乃至中學生都要以先生今天寫的作為民族文化傳承教育的教材——這「文字工作」的重要性不是任何現時的「運動」可以取代的。（貞小姐批判我這段「說法」過於霸道，其中的用辭與語句結構跟「運動講台」上的嘶吼相差不多，離沙勒君的宣言式口語文字也毫不多讓。我學貞小姐凡事閉目自省三分鐘，然後「自我檢討」說：也許因為我是從「黨外」十年運動中走過來的，耳濡目染了鬥爭和反鬥爭的各種花樣，一棵大樹快要被暴風吹倒一邊時恨不得你踢它一腳倒了它也罷同時你不忍心快快扳倒旁邊一棵大樹支撐它同樣的一個人造反到自認為非常有理的地步你恨不得殺死他全家但你不忍心殺死一條狗何況他全家你恨不得殺死你自己為了避免殺死他但你怎能殺死你自己你不單單你自己你還有你全家最後你還是殺了他全家但這是不可能的一條狗都不能何況全家不然你養一條狗你殺牠看看——（「夠啦！」貞小姐說她自懂事後就不愛聽這些胡言亂語，如果你分析胡言亂語的語句結構，跟那些宣言式的義正辭嚴在結構上根本是「相反相成」，是同一鼻孔出氣的東西，「同樣霸道吔啦。」）卡露斯先生帶點尷尬的承認，近來沙勒君提出的「部落主義」以及隱含的「不斷運動性」對他這樣「浪漫的人」竟然蠻有說服力的，而且不可否認「具有某種現實的誘惑性」。（「當然嘍，」貞小姐品評：理想主義就是浪漫主義，他的「不斷理想」想當然耳會不斷吸引你這般浪漫人士。不過，貞小姐認為「主義」已經過多了，不必要再來個部落的主義，「原鄉造鎮」用辭就有新意雖然沒有幾個人知道是什麼意思，「部落主義」就陳腐到成為主義的奴才了。（我也甚不喜「這個主義、那個主義」或「主義那個、主義這個」。當時初入原報社一見橫披「部落主義」就轉身走了出來，不巧碰見沙勒君自車上下來，只好並肩再見「主義」，我借口是來訂報的，在「主義」之下坐立不安很快簽了單繳了錢很快跑了出來。）我也帶點尷尬地回憶先生自己說過的一番話：即使「寫作」會令自己縮短生命十年，他也心甘情願。「不錯，」卡露斯先生接過話頭說：他也想不到「寫作」改變了自己中年以後的生命氣質，因為他真正嘗到「寫作」、貼切地說是「創作」的美味，從來他沒有想到自己會「寫作」，但今天他慢慢感覺自己是一個「創作的人」。「不過，」卡露斯苦笑說：時勢現實逼人，「有時候請喝酒不喝也不行。」目前，他正思考一個新的命題：有否可能在「寫作」與「運動」之間達到一個平衡點？

當「尋根」成為九〇年代原住民時潮時，攝影工作者阿邦必然「跟進」這尋根之旅。正反合流才能更進一步，這是先知先覺者業已發現並揭知給我們的人生現實。因是，我也不禁迷茫：卡露斯先生退隱古茶布安「寫作」的可能性，是否具有長久實踐、進展的未來？我想這迷茫也可能由之於我生命自身的迷茫：大生我不急進不保守，對於時興的尋根活動並不那麼火熱心頭，也絕不隨時跟進。我頗厭煩阿邦不時掛在嘴邊的「智慧財產權」；自從有個專家在都市咖啡座宣示這新的財產觀念後，他就不時注意有沒有人或任何媒體侵犯到他阿邦影像的「智慧財產權」。年輕時代，有一事我一直想不通：為什麼在這地球上有某一塊地或某一個地區，是屬於某個個人「私有」或集體的人群所「私有」？直到四十幾多歲的今天，雖已看慣現實各個層面的私有財產權，但根本上我仍不接受誰或任何集體有權利「私有」這個星球的任何一部分。難怪閱人閱事多矣的貞小姐搖頭說：這是一種典型自閉症患者的夢囈，好比來自自我深淵的吟呻只擾了自己絲毫無能醒世。

大團
反對興建瑪家水庫救我們的

青年魯凱光頭拉拜與社長沙勒君

「氣氛改變嘍，」我帶著喜悅對卡露斯先生說，雖然還有一絲絲的遲疑。「我們誓死反對水庫」「億萬金錢買不走我們愛鄉土的真心」，最近上好茶，在沿途的山壁上隨處見到這樣墨彩噴的標語宣言。之後，進入部落社區，巷道頭頂上橫披著各色布幅，正楷大字寫的村長鄉代表候選人的漢名，（有的人比較周到括弧小寫羅馬拼音的原名，）我好不訝異候選人數之多，超過部落中教堂、雜貨店的幢數，同時再三見到「誓死反對——」等等的儼然是競選辦公室兼住家的共同標語。「氣氛改變啦！」當晚在卡露斯先生的廚房圍鍋，見到幾位「過境順道入訪」的族人，一半是新面孔想必是不是為了「反對」就是「選舉」，都宣稱自己「誓死反對」同時「擁護選舉」，當然是「乾淨的」選舉，同時誓言在可見的將來他們都是卡露斯重返舊部落老家的鄰居。其中一位專攻神學的神學院高材生，先生鄭重介紹是重建舊部落的重要同志，先生對這青年魯凱拉拜君有一番特殊的期盼與信心，見證他剛剛為了「誓死反對」而理了個大光頭，（要理他這大光頭可不容易因為剛剛大家都見到他「美啊美」的未婚妻堅持守著到腰的花東瀑布長髮，（「光頭抗議」這種文化不知起源於何時，不過「我理光頭給你看」總比動不動就「我切腹給你看」來得好看，（貞小姐一雙慧眼看出這光頭不是可以等閒視之的那種吃牢飯的光頭，因為他的頭頂上罩著一頂無形的「抗議到死的意識形態」的光圈，貞小姐品評：除了已故的尤勃先生當以眼前這光頭為最美，）當下這光頭令我的掩耳長髮慚愧七八分不止，何況他當場用雲豹的喉嚨唱起「那魯灣」，令我噤了正在口腔間亂哼的「念故鄉，念故鄉，鄉風陣陣來——」

拉拜君唱了幾首母語的歌，隨後用漢語解釋歌詞的內容，都是歡迎與感動之意。而後，拉拜君抱歉說他自午後醒來一直酒到現在黃昏暗下來貓頭鷹一隻隻倒掛在他的睫毛尖，倒不是他是「愛的酒徒」只不過在部落中行走隨時會被喊進某人某人的家屋去「公賣」，（卡露斯也甚怕白天夜晚現身部落各條走廊，酒情難卻不跟這家「公賣一番」也難挨過下一家：所以散步在好茶是不可能的，新闢的溪邊散步道是專供外來人烤肉飽食之餘消化用的。）顯然「成見」告訴拉拜君平地上來的都是有求而來的，所以他端直被酒蟲酸歪的背，咬音清楚的說，「如果各位想要知道我們魯凱什麼，趁現在我還醉得可以，我保證誠懇地、保留一些也不會地告知各位——」我和貞小姐對看一眼：貞小姐是有意上來「尋根」的，我是無心隨緣的，那麼就是有意但隨緣探尋台灣本島原始的根源，「就請談談最近的『尋根之旅』，」我敬謹的問。為了響應原報廳堂高標的「部落主義」，他拉拜也趁神學假期帶了兩個梯次上古茶布安尋根。「頭一梯次我用無聲的語言，」因為參加的是在部落長大的少年：他教給他們祖先渾身的肢體動作一如熊鷹、雲豹或山豬，他發給每位「小祖先」一把萬用番刀、三顆芋頭乾趕他們在日出前散開古茶布安各自到「獵地」求生直到第一顆星星出現時才見他們每一個吃飽睡飽、活潑蹦跳著回來，第三天下山時恍惚身心一如大家都是祖靈大自然的化身，都聽得懂紅頭鳥的「不是語言」，都看得出山嵐剛自對頭山凹起昇一刻鐘後就撲到腳底隨即順著山稜脊背爬攀上去直到天際不過半小時多所以為什麼叫牠雲豹，也都知道劍蘭和樹菇不能摘著吃因為劍蘭頂天立地就那一隻一定有它存在「獨孤一支」的理由而樹菇的頭看來醜怪頗類小人頭就曉得天生是不能吃它的，途中枝頭地上蛇著兩尾百步誰也沒有驚叫因為「祖靈吩咐他倆夫妻為我們來送行。」第二梯次他頭尾全使用有聲的語言，因為來者都是自平地回到原鄉部落「考察」的青年子弟：他拉拜光用漢語講解魯凱的喝酒文化不到午夜就紛紛醉倒「只懂拼酒不懂品酒」的平地年輕人，他自己口乾舌燥趁著星光泡了處女水源瀑布才好過了些，第二天他打起精神介紹原鄉過去數百年的繁華景象但他一看再看學生的眼瞳只反映出廢墟馬櫻丹，頓時痛覺語言之無用如此，他當場發飆要求學員每個人至少替卡露斯先生搬一塊石板好讓先生重建廢墟家屋同時「實際由觸摸到體驗我們祖傳的石板文化的實質和重量，」第二天傍晚他在石板烤肉桌旁昏昏睡去，不斷的都市愛情流行歌飄在煙味朦朧中，他從學生的嚼舌不斷中知曉會了許多「當代都市的內幕生活」。

我問拉拜君既有如此一套蠻有系統的想法做法，何不寫出來讓大家讀到知道；拉拜說他雖不得不用漢語溝通我，但漢文離他「八千里路雲和月」。他再度抱歉說他黃昏過後說話就有些顛倒，等到哪時候他清醒時不僅會寫小說還會說書，他自小被迫教育漢語漢文，「所以要我用你的話拿捏你們的痛處並不難，」拉拜君的嗓音有些混濁了，我們都尖起耳鼓聽，「如果我用母語說話即使跌到了，那『說話跌倒』本身就是一首詩。」我想像：話到被自己的舌頭絆倒當然可以算作一首現代詩，不過可能還不夠後現代。（貞小姐最恨「後現代」這種新辭彙，因為「現代」已經夠完美夠煩人了，還要加上「後他個頭」是孰可忍孰不可忍也；又比如「新人類」「新新人類」，人類本身已經夠完美夠煩人了，還要弄出個新品種以及更新品種，真是新新新個屁的股，所以一見街上掛出「新」或「新新」的她下班回家熬到午夜一定睡不著，非拿著全套「心力」工具去拆了它不可。（好在我已年過不惑，新「新新」也罷後「後後」我一例不惑，反正都是人類搞出來的東西，不是二手貨就是二二手貨。）我們盼望著「草根性」濃厚的拉拜君多說一點有關山豬尤其雲豹狗熊的肢體語言動作，不然再說一遍那聞名的「偉大的獵人與猴子的故事」也可以。拉拜君禁不起我們渴望的眼神，終於說了一遍「最後的獵人與公猴的故事」，（他說「偉大」成「最後」，因為他聲明這是他最後一次覆述這個「爛成偉大」的故事，他特別標出公猴緣由於偉大的公猴與獵人之間有糾纏不清的關係，（光這一開頭就看到了拉拜君他的草根性有別於那些戰兢保守的二手三手故事傳播人；在這小說中，他的草根性蔓恣到「史官」先生卡露斯的地盤，終於耐不住卡露斯先生斷然決定「除草護盤」，不過可能為時已晚，三十餘位「原住民草根文化工作者」前不久成立聯盟卡露斯的名字列名其一，害我花了一個深夜到正午的時間從頭思索一個問題：「到底草根性是他原有或在什麼時候草根紮入他的心長大成為草根性？」（貞小姐的睿智：卡露斯這個人是古典浪漫與草根務實兩者的結合，將成為世紀末原住民的典範。姑且存此一說貞小姐。）故事的開頭，拉拜君說是這樣：所有偉大的獵人天生就懂得現在流行的

「自然生態保育」，他不躲也不避直直站在溪谷對岸的蔓藤林間，不多時就有十來隻小猴子邊玩邊過，偉大的獵人一動也不動，隨後來了七八隻少年猴彼此舔著彼此的屁股滯留了一會，偉大的獵人一動不動他習慣了人家打情罵俏要花一定的時間，而後三五隻母猴靜靜過境誰也不搭理誰，偉大的獵人一眼也不注視母猴的尾巴護毛之下免得想起家中的妻女姨婆，最後押陣來了一隻大公猴看牠那顧盼自雄的樣子跟一向自雄顧盼的偉大的獵人如同一對父母生的孿生異姓兄弟，當他倆必定要對看出生以來最後一眼的瞬間大公猴齜開了牙齒而大獵人及時把箭射去夾在牙縫之間，——這個故事的教訓有三⑴所有偉大的獵人都有耐心等到最後，如果錯打了小猴或母猴回去部落是要被笑掉牙齒的；⑵所有偉大的獵人的最後一箭只能朝牙縫射去不許直接命中紅心，因為那是「不猴道」的；⑶對於偉大的獵人的「心靈」來說，所有射向大公猴的箭最後都射向大獵人自己：這就是為什麼所有「偉大的」慢慢都成就「最後的」。我們都沉默著品味這個拉拜版猴子故事的韻味及其中攜帶的「原始哲學」，「可惜了果然是個偉大的說書人，」貞小姐嘆，同時拉拜君歪了頭雄起喉結又唱起一首魯凱老歌，那嗓腔的渾，令我想起某年端午夏夜在古茶布安整夜聆聽風流在谷底間迴盪悶吼。我想，那溪谷間的悶吼長年夜半融入了祖先魯凱的喉嚨，經由遺傳那種原始的蒼渾天生存在拉拜他喉頭深處。拉拜君解說，這首歌詞是說無聲的動作勝過有聲的語言，所以整首歌都由單一發音變奏，沒有語意學上的意義，實在，在他們祖先能發有語意的音符之前「原人」已度過萬年美好的時光；我帶頭稱是，在都市中我們發明只有單一音符的音樂隨身聽用來遮住耳膜所能忍受的噪音，更不用說街上越來越流行的「手語」動作了。（貞小姐上好茶隨身帶名人演講錄音帶塞在耳洞用來克貓頭鷹整夜的不嚕咕。）

卡露斯先生走入廚房，背後跟著沙勒君。先生面容疲憊笑說：最近「運動」多了起來，需要用一些「美妙的語言」去說服。拉拜君說他憋不住尿尿去，我們都知他去尋「美啊美」的姑娘問她吃過晚餐沒有。沙勒君埋頭吃了兩碗火鍋菜，說是隨時有「電傳」進來，他必須回去駐守報社；我們都用同情「能人」的眼光慰問同時送走沙勒君。卡露斯說他說話太多扁了肚子必要慢慢喝湯吃菜，我們就聊起正走在夜色中的沙勒君給先生配湯下菜。幾個月前，沙勒君將報社退守到好茶一間家屋，在廳堂高懸橫幅「部落主義」，從這主義中發出「自治區」的怒吼。據說這家屋原是好茶小頭目安木蘭氏的，安氏的後代不知何時默默離開部落，落腳哪個都市必須警政戶政單位追蹤詳查，因為沙勒君總覺得必要付點象徵性的房租以取得實際的使用權，不然原報總是在做客回到原鄉還是不能踏實。「就算是徵召好了。」卡露斯先生建議這麼想，因為那家屋屋壁新近繪了兩隻雲豹，可能祖靈有意選中這家屋作為原報的根據地；一旁的派出所主管也同意，「被代表全台灣原住民的報紙徵用也總比放它在那裏空屋荒廢的好。」無奈社長沙勒君及時宣布：雖然不失代表全島原住民，但剛剛昨晚我們一致決議改原報為「社區報紙」。聽說這事的多少有人當下長了「失落瘤」；幸好帶著魯凱第一高學歷及多次在大學論壇辯論的演講術，沙勒君力挽狂瀾：「社區報紙」不僅是思考到自我定位的問題，而且也將成為九〇年代中期的風潮。（誠然誠然，我們都市正熱中發展「社區音樂」「社區戲劇」進而「社區舞蹈」，拿的都是文化建設會的補助經費。（貞小姐告知我們有所不知；之所以會發展「社區」，癥結在於文化中心的軟座空調原本設計那時就「顧到了視聽享受」，未料不出幾年那種空調軟座已經落伍，（落伍，而不是舒服不舒服的問題，（難怪愈高水準的節目賣座愈慘，全國文化建設會就檢討總結不是當初設計出錯，而是永遠趕不上時代新潮流的問題，那就不妨也來個「土法煉鋼」把高高在舞台上的下放到社區市井去，多演多跳多奏到你跟前眼前不怕你看不到，那就哪怕提升不了你的文化水準！（我頗有嘆：對於那些發誓終生不踏入文化中心、國家什麼院的人，真是無所逃於「社區化」之間了！）沙勒君先為「社區報紙」喊出「原鄉造鎮」「部落主義」兩大綱領，再接再厲發出「成立原住人民自治區」的怒吼：這一大目標兩大綱領使它雖是

「社區報紙」但也不失為全島原住民的先進代表性報紙了。當報紙創立在屏東市時，沙勒君的幹部包容了不同族群，特派員遠到花蓮、蘭嶼，同時他也懂得一般平地辦報紙雜誌的習氣，請得一大批政經學術界的名人當顧問，當然也方便沙勒君以報紙的名義募款。而後，在他舉辦魯凱文化營而回歸古茶布安之後，他遣散了原有的幹部，將報社退到山腳水門，對外發出「向原鄉推進一大步」的聲明，同時呼求持續支援；在水門時，顯然是他沙勒君一人獨撐報紙，報紙改成雜誌發行時間也越隔越長，其上的作者多是平地的民間學者專家，而且偏重談論魯凱、排灣。（有朋友向我提問，「這是一份兩族報紙嗎？」我說：你看內容是兩族，但原報這個「原」字代表至少九族，你可以濃縮但原有的數字不會改變；不如你這樣想，因為他要付房租水電種種開支而募得的款只夠他做兩族。（有回，沙勒君向阿邦借照片去布置募款會場，當晚阿邦回來電話過來說：高雄人太不懂得人情，再怎樣做一下也讓人家知道人間有溫情，像他阿邦不惜剛下班需要補眠送了三十框魯凱影像去支援結果會場義賣許多件，只賣掉一件什麼他也沒注意，只聽得到義賣三仟元，整晚。（聽了，就知「沙勒在水門」氣數已盡，不如回歸原鄉睡個大覺，醒來洗面革心重整家園或重新出發。）果然，沙勒君以不到三十之齡擊退好茶老勢力當選社區促進會理事長，之後印了一些愛鄉護土的感性傳單，同時收費站開始收娛樂清潔費；之後原報像在外頭奮戰多年榮歸的青年戰士默默的遷回好茶，猶有餘力向外喊出兩大綱領，繼而推出年度重點計畫都是關於魯凱族群，當然要人也要錢繼續在精神物質上支援。（有個小媒體工作站的朋友扛著全錄去報社，先錄到沙勒君的白吉普，再錄到靠在屋壁角的「原鄉造鎮」，隨後當然是趴著雲豹兩隻，入門「主義」當頭罩，右邊大空間滿了一套環形熊皮沙發，左邊是——他只能錄到熊皮沙發，左邊殺出來一位小姐先說工作間是報社機密重地不能錄的，跟著拖鞋拖著出來一位大男生追問：哪裏來的？拍錄幹什麼用的？誰允許你們來拍的？侵犯人家報社不尊重原住民權等社長回來當場抽出錄影帶焚毀你們才懂得什麼叫「侵犯和尊重的分際」！（這人自稱是城鄉研究的派駐好茶在地的調查員。）事實當然不會像括弧寫的那樣亂發展，沙勒君頗有政治手腕，他會請你坐到「主義」之下的竹藤椅上再從後冰箱送上一包鋁箔包蘆筍汁，（熊皮沙發是大號貴賓來才能坐上屁股的，）來人要「山」他會放幻燈片介紹給你看，（其中多的是阿邦的智慧財產權，）來人若堅持要「海」沙勒君若真的有要事待辦他也會安排找人帶你上古茶布安去看雲海。

「『主義』和『自治區』這兩個東西太大了也太動人了，」卡露斯靜靜說，「好茶人不是感動得流下自己也莫名其妙的眼淚，就是腦瓜子被硬摘下來清洗一番、被硬填進去。如今你們來好茶會感到氣味有點不一樣，是不是？」我們都曉得卡露斯先生是以實際行動回歸部落廢墟的第一人，不待後來趕上的「部落主義」。至於「自治區」的可能性及可行性，卡露斯從來不提，我們也不多問；但先生他參加過「雲南少數民族自治區」考察團，我看他排在地上的書櫃中也有一本「印地安自治區問題研究」；至於台島可能成就原住民自治區嗎，新一期的原報召來學者專家論斷它的立即可能性，卡露斯在讀過這些「自治區藍圖」後，口中喃念著「魯凱自治區」「魯凱自治區」……我知道他並非在思慮魯凱成為自治區後的政經教育種種問題，而是用「感覺」，尤其從聲音韻律來斟酌品味「魯凱自治區」這個辭彙的美學上的適切性。（最近，卡露斯為結集的書名煩惱，我憑直覺提出「魯凱人」這個書名，「魯凱人」一提出來無論從意識學、美學都感到他魯凱人一生下來就是那樣頂天立地的。（貞小姐說奇怪「排灣人」就比不上「魯凱人」的美，可見聲韻這種東西帶有某種原始的神祕性——誤人多多也由於此。（所謂「誤人」也者，可能是指「名不符實」。舞鶴注。）我適時提醒卡露斯先生：原住民早在百年前就自主自治囉。「是，」但先生微笑說，「不過像今天阿邦這樣一個人騎著機車亂跑，在當時早就被割了頭去！」卡露斯說他寧願相信神學生光頭拉拜，勝過逐漸「掌權」的社長沙勒君。他在拉拜身上見到飄蕩在古茶布安山腰的詩，感到流淌在祖靈體內雲豹一樣奔騰的熱血。這詩和熱血不需要原報所必要的傳真或媒體；但畢竟他卡露斯是個活在現代的魯凱人，他們也學會不排斥媒體、電腦那樣的新潮流新產品，讓喜愛或需要的人去利用它為族人做一點事，甚至誤導一些事也都可以包容，只要不是很過份他卡露斯和同輩兄弟至少不吭聲、可能還助他一臂之力。兄弟們多陷入經濟生活的義務活動中，獨他卡露斯看破「作為一個男人的責任」才有幸重回部落原鄉，他希望、期盼兄弟族親也回去父祖生長之地，不過他不勉強也不用號召，他常常默默揹起泥黃色登山背架獨自上山，夜晚夢醒時他看到祖靈的大人小孩在他舖床邊靜靜遊戲嬉樂。拉拜君答應他一年後神學畢業就上山做他鄰居，帶同美眷重建故居生養上打的孩子，讓他卡露斯的晚年頗不寂寞。

拉拜君顛著身子斜了進來，他原是去尋未婚美姑娘晚飯，走到半途突然想及他錯漏了「某些要點」所以又踅回來糾正我們。「第二梯次我使用有聲的語言——當然是用母語，」可惜必須混了許多漢語才能作「母語的溝通」，拉拜君原本要學小學生那一套，說一句漢語便罰一個銅幣，但想到那幣上刻的也是別人家偉人的頭像也就算了。阿邦插說：這不足奇，他部落攝影首展當天晚會選魯凱小姐，親眼見主持人之一鄉長的女兒說不通母語；更奇的是，當場說母語的人士都能接受這種「母語的殘廢」，可見魯凱人已有「民胞物與」的胸襟。（我察覺貞小姐深吸了一口氣，隨後將「民胞物與」四個字吐氣了出來。）拉拜君教平地少年魯凱用母語辨認各種爬蟲、小草的名稱，糾正他們漢語式的造句法——沒有那麼多不必要的倒裝、暗示或象徵。（我想起愈來愈不可思議的糕點包裝，有人送我名店日本風雪花齋的名點，我捧在手上左看右看是不能拆，因為拆就壞了她苦心造詣的包裝之美，那種破壞了美的心痛不是任何名點可以彌補的。（貞小姐寧可去速食漢堡店窩，不去名店食坊，怕自己一身糟蹋壞了人家的「新古典浪漫主義」裝潢。）結業前一晚，拉拜君記起來古茶布安的星子多到一如黎明時掛在馬櫻丹葉上的露珠，他要求平地魯凱以母語說一段在都市的特別體驗，當場有一半的人都哭了，因為體會到那經驗的「實質」與母語的「美」有道很大的溝，他們哭似乎他們已經無法跨越回去平地了。拉拜君趴在廚桌石板，渾起另一首歌來，卡露斯細聲說這歌的歌詞曲調帶有「魯凱亙古的悲傷」，那抑揚頓挫就像溪畔山脊的線條起伏——我記得有回啞巴君指著阿邦呼嘯而過的機車，那肢體語言顯示他正騎著阿邦起伏在部落兩旁的山脊稜線上，扭腰頓屁的那樣子誰也比不上他啞巴機車騎士越嶺的風光。拉拜君在歌尾餘韻時表示這首歌充分釋出了魯凱母語之美；不過拉拜君也同意我所提「所有的母語一樣的美」，阿邦即時哼起〈港都夜雨〉，我唱〈安平追思曲〉，卡露斯先生也來加入〈不了情〉。拉拜說他忘不了這「不了情」，但也只有「忘不了」這三個字他今生忘不了：他剛到神學院那年，假日早晨作過禮拜，便巴巴走去花蓮街市場一家山東大饅頭，那饅頭姑娘哼的便是忘不了不了情，他在那姑娘體態折轉之間「感受一種遠方異國風味的迷惑」，直到下決心專攻本土神學後，才豁然睜大眼珠發現身旁「不二換」的阿美姑娘。

拉拜君再渾過一首歡迎大家來訪之歌後，就半顛起來說他要到溪邊清醒一下，作「神學同時運動」如何正反合的兩難思考。緣由初識，我們都不曉悟他的兩難如何；臨走前，拉拜君特別向我抱歉說：他從小漢語漢文學不好，不是天生的，——是故意的。

特別的一章：浪子「阿屁噗」生活中的一天

醉得還可以的深夜，卡露斯先生慣例領我們走一段夜靜的部落，因為在不可測的將來，這才剛剛高起檳榔樹，茂盛了葉桃的山村可能在「人類偉大的計畫中消失」。（築壩堵水不順其流是人類最「偉笨」的工程之一，貞小姐有位主攻人體解剖兼修流體力學的朋友，讓她親切體會到：水淹壩丘是「說來就來」的事，倒灌到上游的草皮肚臍怎麼辦，下游的腿谷溪圳又不知要氾濫到不堪怎樣的地步了？（我有個野鳥協會的朋友慶幸說：世紀末的鳥都聽得懂洩洪警不警報，不管三更或半夜，都會飛飆到夢中報警他「作為一個鳥人」第一要緊收拾好「野鳥裝備」。）暴颱哇拉雨個不停的長夜，卡露斯先生和貓頭鷹是不睡的，努耳傾聽谷壁沖噪的嘵響估量溪水漲到何處——要一下子淹了好茶這樣一個活生生的部落也不容易，不過內山深處崩山潰水那就難說。不比另個山鄉流行山葵和高山茶，沿南隘寮溪深入山谷沒有人為「企業化」的墾殖，「我們族人天性缺少企業細胞，」卡露斯先生時常如此自嘲。暴雨一過好茶村前的溪水便要濁上幾天，「山神洗了小澡，」卡露斯凝望遠山，「祖先傳說當檳榔樹幹粗到可以合抱便是大洪水降臨的時候了，」卡露斯環抱一棵檳榔，好在樹腰合不滿卡露斯的臂圍，那臂圍的餘隙若塞入阿邦的腰那世紀末的洪水就要臨頭大家。「自然有靈性，山神也有話說。」不時山崩幾處好讓濁流滾滾，警告山下冷氣房內的科技文明：原住我們不知度過多少回世紀末，天生自有一種不穩定中的穩定，如果無事可做也請不要來壞了我們的原始天真、自然格局。（某日清晨，我驚見早報頭版頭條登輝王口令說：水庫要趕快建，因為「鳳山水庫的水真有夠爛」，——出自現代天子之口，好茶被新水庫滅村想見在不久的將來了；同時我想到這位民主天子一定沒有正眼瞧過魯凱族花百合，他最多斜眼瞥見背後跟他合照的魯凱大頭上的百合塑膠，當他臨幸「九族文化觀光園區」時。（晨光中，好茶的恬美絕不輸美濃的。我替魯凱感嘆人口六千到八千是不能跟客家「三百萬弱勢」相比。（這口令的震撼力，讓剛下大夜班的阿邦睡眼惺忪飛車百里又向好茶，他感到必須「生死與共」到「同在一起」好茶人的憤怒或絕望，另方面影像使命必須他記錄下「大口令布達到部落引發的諸種現象」——甚至不排除難得拍攝到的集體性的「部落起乩」。（文明雖然閹割了部落巫師，但像巫術那樣的絕活，千古以來若不存於巫師就深埋土泥下或飄浮空氣中，不是文明可以滅絕的。（好茶人祖先以來聽多了荷蘭虎卯、葡萄的牙、西班牙的牛逗、吹鼓吹大一統的滿又清、天皇神社並馬各野鹿的朝陽同時夕陽、數十年前逃跑到好茶山下坐大位的民族救星每年的「文告·番」和不時發的「各色口令」，不怪好茶老人只一味勸阿邦再怎樣的「飛車傳令」也不需那樣飆到三秒正就掠過好茶第二號橋——部落青少魯凱最快紀錄三秒點〇四。阿邦無心好茶金氏紀錄，整個早上他咻喘也沒有，到處告知那個大口令的「嚴重性」及「急迫性」還半強要人家多少發表一些他們的「嚴肅看法」或緊急事故對付辦法：好茶人大多隨著檳榔的嚼動嗑它或啐它口令兩句三句，倒是問了一些阿邦也不清楚的「午夜最新玩意」說是電視資訊給他們深夜配酒的陌生菜色，他們光看不知口味道地如何。直到，他碰見一位部落專業殺豬人，向阿邦討了幾張報紙墊在他一生不洗的石板作檯上，因為水洗會沖到他的專業一生都溼了，隨後挺背脊翻滾下來一隻半死的山豬，（這山豬不必看就知是母的，若是公的獵人早就「百合花」去，職業不會讓位給專業的，至於「為什麼水會讓他一生都溼了」我到現在還未想通，（貞小姐的原住民經驗提醒我：凡是使用外來語的，還未成熟到同母語水乳交融的，多半具有跳躍性，反而會有一種我們自己說也說不出的詩意與美感——所以「溼了專業一生」你只能意會它不必刻意要去言傳它，（後來我苦苦思索到：為什麼男人要擦麝香，為什麼不能用水洗，因為麝香會引來麝香。（那原先墨黑的大口令被豬血染成烏腥紅，再掙磨成竭污的一團糊，無心的豬腳蹄插破了「大口令」正中，——這「破——」的瞬間阿邦懸了整個清晨到正午的擔心才落石下來，即時累倒工作檯下，枕著落石打起盹來，當然刀刮豬皮刀刃各層肉色有聲有致是阿邦的安魂曲。）「慢慢淹了了一個『眼前正進行著歷史』的部落」這情景你我都可以拭目以待，一定比螢光幕上異國人家炸藥一轟同步垮了連幾棟鋼筋廢棄樓房精采：貞小姐預約這「歷史時刻」到臨之時她一定抽空帶個小板凳來「細品」。我提請卡露斯先生不忘到時在半山腰搭個類豐年祭觀禮台，邀請魯凱新舊時代頭目長老務必百忙抽空來「觀禮水庫從此優氧化了魯凱好茶的歷史人文。」（阿邦的鼾聲直呼一個「八」字，八鍋巴。我曉得那鼾呼呼呼不忘「百八」轉噁成「鍋巴」。）難得爭取到新「壩」權，鍋巴地方政府計畫築高百八十公尺，以現世它雖壩處邊埵但高度島國第一。卡露斯先生來回部落途中，幾次撞見陌生人在「採集」什麼，問他們一例回答是「中央派來研究地球科學的」，卡露斯對這「中央」實在也懶得問是「宇宙的中央」或是「地心的中央」還是「孵雞蛋生鴨蛋的中央」？只拜託每一位要拿出地球科學良心，不可「事先結論」隘寮溪谷的土質「泛政治化看來合適壩質」，更必要多走幾步到部落順便採集歷史人文生態，回去一併報告他們中央主管地球的。

大多數門窗黝闇著，門板正中隱約掛著鎖，像這樣委託鎖將軍看顧的家屋平時十有六七，幸好，「年輕族親的心靈夜裏都要回到這裏安睡，」卡露斯小米酒氣在夜露中茫迷，「你們看，多少在都市中辛勞了一天的身體正駝在機車上趕回來。」部落中的老人更累，遷村下來十五年了還不放心北大武對面的舊床，夜飲得差不多時就要兩三人結伴出發，即使只剩他一人清醒到足以顛跛也要沿著溪谷小徑跌跌撞撞回去古茶安歇，（他會發現不久前同飲醉倒的老友酣睡在梧桐樹下庭埕或攤大字石板桌上，——他們先一步乘夢回來了。）村口村尾的寶貝狗看慣了有年輕人在夜深時自山外歸來，黎明不久後離開，有老人破曉前離開，晚炊時分自深山出來，破曉前又離開。（癌痛中的力大古掙著跋涉回去看最後一眼「屬於我的古茶布安」——力人古逝後三年的初冬，我替力大古的眼睛看見漫山向日葵黃雜發在家屋前後還妝點著幾枝好大的聖誕紅，石板簷的青灰隱在花紅葵黃間恍似迷離幻境一家屋。（也是入冬，雜貨店老祖母坐在黃昏的門檻呆看「舊時代」的人來來去去，才發覺有人在夢中「正在拆」她頭頂的屋簷，實在她早知山上石板家屋已塌成廢墟，但這個永遠「正在拆」的動作和來去不知幫做什麼、又不和她打招呼的舊人令她老眼花惚腳冰手冷到日漸異常：阿邦鏡頭沒錯過這「未來可能擁有多重解釋的可能性的未來」的異常性眼瞳，還分明紀錄了何日何時「這眼色凝視某種不可告人的事物直到金星好大一顆掉落活動中心圓拱棚的那瞬間。」（這組影像「拍攝的容易度」之高見之另一對照：三年來阿邦想拍一個失瘋的老男人，每回照例先奉上檳榔包，嘟喃著好意兩句，每次就在鏡頭對準那「瘋的眼瞳」的眨目間檳榔粒就正中擲到鏡頭，眾人知阿邦鏡頭的奧妙在於它能迂迴到不見的境地突又迂迴近來，檳榔粒算個啥它還吃過芒果青、龍眼殼、奈母捏汽水彈珠、三歲小孩射的水槍，像這個阿邦牌檳榔粒擲之不夠的，他佬兩步爬上庭埕緣自家栽的檳榔樹兩腿夾死樹幹雙手亂擲卻粒粒中的阿邦的鏡頭——貞小姐百聞不如一見「自古深山多異人」，卡露斯解說老人瞄的是長年居住台北不歸的兒子媳婦所以奇準，阿邦嘟喃有朝那天帶他小兒子來拜師學老人「當家投手」。）也是這些老人傳說，在途中，他們習慣遠遠看見星空下古茶布安的祖靈執著一隊藍紫光的火把越過霧頭山回去聖地巴魯冠安歇。（平地阿邦說他「好像沒有心靈牽掛」隨地可睡，他常擺睡袋在溪谷開天闢地以來的大岩石上那萬年溪水沖刷成的岩紋可以治療他時常揹重袋上山的脊椎炎痛，更常不擺睡袋就癱在樣板屋旁大榕樹下，離「石板原始氣味」不遠，又有五族共和偉人的雕像來守衛。（「五族」到底包不包括九族？沒有人想到這個純粹算學上的問題。（小時家道中落那年，黃昏後貞小姐玩過頭倒栽在拆下來的正堂彩繪門板上，醒時兩眼在牛車輪晃跳的星子間，牛車是當時一位先覺者古董癡雇的，（每個當代針對每一類靜物都存在有這種「先覺者」或「先行者」，你如果批評他是血色二二八或恐怖白色五〇年代的逃避，他最可能回答你：那兩個「血色」和「白色」，都還夠不到「古董」的程度，他「古董良心」對兩者的永久存廢、永久典藏或出土重新包裝他尚無定見，——他只興致陳年雕花鏤空或百年屎桶，他鼻子專業到嗅不見現代氣味「人」的零件即如童女的。（卡露斯對「古董與古董商人之間莫名其妙的關係」也其妙莫明：就古董價值來說，死的遠比活的夠古董味，一顆被割下來的頭顱「不管是他自己嚇到縮小的或醃漬人工脫水的，」在傳統乃至現代的古董價值體系中，「比長在他頸上原地值錢多多，」奇的是從蓬紅毛到一條鞭歷代來的古董商也動不到腦筋我們的寶貝古董，千年來等到先進武士浪人宣示我們古茶布安的頭顱架「不夠古董的文明」全部到今天下落不明。（布農舒兒君說他們關山民族英雄之一的兒子就被大武士弄去活標本在某東京帝國大學館藏內，以標明作為原人英雄的遺傳骨骼架子非比尋同一般人，終戰後英雄後代子孫一度默默渡海去看「屬於我們的古董祖先」。（不比西洋大博物館怪癖得鍾愛自然醃的木乃伊，貞小姐每過民間專業收藏的木乃店總要買票一探醃的如何。「雖然有影像為證，我們不敢不相信祖先曾有這樣的手工絕活，」卡露斯凝看著貞小姐的髮頸，好一會目光滯到阿邦的鏡頭上，「說不定頭顱架是現代科技古董化出它影像的，——我們魯凱「存在歷史中」是真象，不過，可能所有有關魯凱的「歷史」是假象。」（「影像可能『現』在真象與假象之間。」我頗替阿邦困擾。）

談到「浪漫的木乃伊」，貞小姐惋嘆自己不屬那種在廢墟中「等待某個月圓之約」大家一起復活來歡舞的「曾經存在一度消失的民族」，不然那古董癡早就收了她，醃木乃伊去了，可能那時她就有木雕魯凱人小卡露斯來作伴。在她青春浪遊的歲月中，她最捨不得不看木乃伊的「青春」，頭冠服飾之豔色和胸腹前吊的珠串多彩到讓妳眼珠亂花更令現今的合成塑膠彩色慚愧，她尤其注意到一位木乃尹女士眼睫上塗了不只五六十種色彩「幾乎所有光譜上所能發的顯微光彩全都塗上了。」光就這一點貞小姐就向我們無緣一見木乃伊的確立了「古董藝術的成就及其內在價值體系。」花我們今人一輩子也不能得其萬一，只可惜脫水得厲害，她貞小姐每回出館全身毛細孔都張著小窪洞嘴巴，所以進館前她必喝五百C.C. 咖啡，出館第一件事補足五百 C.C. 咖啡。據她心得嗜咖啡的木乃伊遠比愛喝加州葡萄柚汁的多；見多了木乃伊這夜她必到曙光灰色時分才能入睡，差不多也同時在地球另一邊灰色天光拉開我眼簾的睫籬。古董在生它長它的原處不僅不值錢可能連「古董」的名也稱不上，拉抬它離開到遠方披金帶玉的人頭市場它的古董價值就不止三級跳。（我所以不吝文字寫及貞小姐木乃伊，是為了現象出古董存活現世的不可思議，尤其拍賣場上或圍標後令許多窮酸學者專家破掉眼鏡的「天文數字」，當然這「天文」是用來估量人創的「錢幣」的數字。（我寫這段大家都曉得的古董常識，是為了引出卡露斯對「錢作為貨幣」的態度、看法與古流君有芋頭乾對洋芋片的差別，——這是研究十九世紀中期迄今台島原住民經濟進化史觀極其典型的兩個範例。）卡露斯要回到真正以物易物的古茶布安，而古流君認為排灣族人使用貨幣的經驗不過百年，以排灣百步生存在這塊土地上的能耐，再不過百年必會迎頭趕上「炒作漢人」乃至任何強勢貨幣。卡露斯先生說起他「回歸自然」的理想帶著一種生命的許諾，而古流君在他有生之年要帶領族人「征服貨幣」也絲毫沒有玩笑之意。（如今，卡露斯以手工重建了他在古茶布安的石板家屋，古流君則在北部都市包商了工地率領建築做排灣味的鋼筋石板樓房。我衷心希望卡露斯的文字能「以物易物」換來奶粉和茶以補屋後坡上芋田和樹豆收成的不足，我也誠心祈祝古流君能完成創新鋼筋三層樓石板考究社區也不虧它深山石板熬到世紀末終於發揚光大找到世紀初的出路。（最近在經濟景氣一片低迷中，大高雄心懷大手筆偏執要興建全島第一高八十三層大廈，預約本島有心人在頂樓可以眺到南極地的企鵝；古流君要是能把石板做上大廈頂簷，隔著田野河床必能遙望大武山的岩壁，——那麼「相看兩不厭」就不僅是本島人和企鵝，還有台灣石板了。）卡露斯甚至阿邦對那列越嶺向聖地的鬼火螢光有一種比芋頭乾還親的濡慕之情：我發覺除非醉到十二分，卡露斯愛尿他尿以營養書桌窗前的樹豆欉時眼光一定追索著遙遠山巔上今夜的聖火。

在一桿電線柱前，有個半裸上身紮束褲的年輕人對著桿柱左右晃腰打著空拳，口中不斷噗噴著「屁」「屁」，拳拳落力到隔空打破了桿上的燈管或附近人家的燈泡，不遠處卡露斯書桌上的燈也泡爆了一響。（小說遲到這時，本章的第一男主角才現了他身，主要是因為他曾經吼了一句「文字是什麼鳥的東西？」他見不得拿筆在一張白紙或一綑廁紙上亂搞什麼的，文字當然不曉得自己有可能是屬某類「鳥科」的東西，筆記本尤其浪漫黃色的或環保灰色的被喚起記憶像極五六〇年代的廁紙綑，他過的是一種「與文字沒有關係的清白生活」，所以文字本身差點「忘了也好」到此時此地才現身他。）「是浪子在發氣，」卡露斯要我們繞道葉桃欉，「照那架勢可打亞青杯國手。」無人追著浪子索賠：大家都有默契都了然不讓他那樣「發洩」就不知要洩到何人身上或何等動植物？（阿邦說路燈每噗爆一個，他星子好茶就多亮幾顆。）部落中的寶貝狗都夾尾巴怕浪子的「阿屁噗」，部落中的芒果都不忍自己在青春發育時期就被「阿屁噗」了下來。（貞小姐個人電腦分析她最有效益於她個人的發洩方式是：及時跳上一輛公車或急駛的火車，不管它開到海角或天邊，最好是有個雨水淋漓車窗的景框，讓她只覺得「每停一站都是一個發洩！」（猛拍個不停是不是阿邦的「主要發洩動作」？不時，我不自覺我的發洩方式是：哼歌，什麼歌都哼，哼到亂墜天花。（哼到亂極便有天女忍不住來散花。）後來，我們走到東邊剛撒種小米坡嵌下，猶豫著要不要上墓台陪陪可想而見睡不著覺的力大古他在月光下還在修改那件「慈父揹女」木雕，（女兒下棺傷透他心，力大古狠心拋入棺去不知琉璃珠幾串，恨，活生生的都留不住，留這些漂亮玩物作啥？（卡露斯說當時圍在棺旁的無論族親或古董商人或學術專家目眶都斗膨人三四眶，因為那珠琉璃之為物不僅作為天地正氣含蘊人生的更是部落傳家寶原始稀世珍。（貞小姐有嘆：雖然她慧目無緣一見可愛的力大古先生，不過單就這「撒珠」的風格化動作就確定了千古同步的藝術家氣質。舞鶴注：貞小姐身上大小零件都是自創的名牌，風格獨特到我們不得不承認一經她的品評就千古不得不同步。）忽地，花S背心紮腰剪成類游泳運動三角褲掠過我們遠見月光下力大古感知來者不是同道中人趕忙將雕刻的不傳之祕藏了起來，（可見從原始到現代藝術家尤其具獨創性的脾性還是一樣的，（同時痛感到，在九族文化觀光村，每天上班坐好位置織布給人「觀光」的泰雅老婦在她接受「上下班制」不久就失掉了織布這個傳統「實用手藝」鮮活的生命力。——每見，有陌生人「觀光」家居織布中的咯各・咯各，她會突然得了一種「軟腳趾症」挺不直織布棍。（近來偶然，我在報上讀到文建會議上幾位專家學者發表「田調個案報告」，再來「總評一番」後，才輪到卡露斯代表原住民好茶直言他反對「部落觀光化」，因為「觀光」這個挾現代文明俱來的東西帶給部落失落的比獲得的多得多：我隔紙感到先生這個人雖然年過五十腰桿還是挺直的，我想是他從小北大武的山脊挺直他腰的。（最近，阿邦告訴我每到週末週日或連續假日，那你晚上走過好茶感覺恍惚身在都市夜市場，不說民宿訂不到，溪床還紮著各色的帳篷，當然垃圾山由一小堆增殖到三大堆；這些繁盛的景象都要靠媒體的功勞，不管是文字的或影像的，讓矢志「征服台灣每一寸土地的」終於征服了陌生地好茶——「竟有這地方在台灣」雖不產茶，溪水也稀鬆平常，但它的價值在於原屬「征服版圖上的處女地」。至於不定時出現的大眾健行隊，有一天大眾的腳會踐平廢墟古茶，會用洗髮精沐浴乳污了處女水源，我讓阿邦去傷心、去留下影像的見證，讓反對觀光的卡露斯去傷腦筋一套應付的辦法：卡露斯理想的觀光客是自纜車下來，剛見過山谷的幽美自然會洗去平地所有的習氣，而且可以控制觀光人的量。（幾年前，每個假日總見到一位擺攤淡水觀光河堤自稱是從「學院下放到大眾」的陶瓷藝術家，針對任何關不關乎陶瓷的，他可以用觀光的舌頭歸納人生從選土、捏泥到拉坯的過程等同潮退潮漲又潮退的時光歷程：這種「大眾藝術、打死不退」的大眾精神，加上現代推銷員的「連鎖推銷舌」，令我難忘到現在好茶山內圍鍋我不得不想到他大眾藝術家，（他是我痛下決心告別十年淡水河堤的人物之一，（烤魷魚小卷、炸蝦的薰煙遮掩了午後三時雲霧觀音的鼻頭是其二，（其三可能是陌生人卡露斯叮嚀他當時也還不認識的阿邦「傳真」我必得告別淡水才見得他阿邦・卡露斯。）浪子使勁小腿腱肌躍上土泥坡轉過岩彎不見了，「是為了豐年節苦練千五百公尺。」卡露斯望著坡霧的月芒笑：年年見他苦練無數個月光，出賽前就穿好雙S背心小花斑褲最鮮，似乎總是在賽前兩秒被別人或自己灌到半醉，賽跑出來那樣子讓人家霧台、大武小姐晚上睡覺都偷抿著嘴笑你好茶就出「那一雙醉腿」。

我初見浪子是他剛回蟄部落頭一年，還保有在都市做粗重勞力工作鍛就的一身筋肉，那筋肉的塑形與質地和在梯田坡崁上小米田或芋葉田耕作的父叔大不同：顯然，都市勞力生活的重壓密實入去他的肌里某種「觸即爆」的東西，那「觸：爆」的肌味斂不住浮凸在大胸肌、三頭肌直上肩斜方肌。所以日常他光裸上身，褲頭落到腰臀將繫不住之際，以敬告父老原鄉他浪子「混過：榮歸」的身份，另方面，也可半誘半「使畏之」上山來做各種研究的平地公主少爺。（這「誘」想他當然是「肉誘」，也可能是屬於「骨誘」骨子騷到肉，不過「骨誘」或「肉誘」等同「色誘」嗎？這問題想當然要請教都市學院派中的「情色：色情」專家。我一直思索不清「情色」和「色情」這兩個辭彙的分野。貞小姐嗤這簡單兮兮：有情才有色的發生是情色，先色而遲遲見到「情之一字」是色情。——可見人生的真實大都是「情色混」，一般人都糊塗是色還是情。（卡露斯思考了半天也不能肯定他們魯凱風情是「情先色」或「色先情」或「情色在祖靈時代就具有原始同步性的本質。」）還好，這番「千古艱難唯思索」被浪子亮了一聲歪笑所打斷，在幾位剛來的白肉姑娘面前，浪子嘲笑阿邦鏡頭只會固定 size 變大變小「無啥屌路用」，（這外來俚語時地皆宜用得「正點」，（「正點」不知是哪國的外來語？我請教貞小姐，貞小姐正凝眸浪子的三頭肌一鼓溜轉到二頭肌，頭也不回要我請教「屁的正點」的新人類，（阿邦說小兒子也酷愛人家說他長得「正點」，可能是屬「追星一族」的流行語彙，最可能是小魔女用來「正點」小魔男的。）浪子又冷諷鏡頭阿邦全身下來還分不到一口眾姑娘更不用說塞山豬的牙縫了，（我必須先標示「冷諷」一辭出現在浪子不經意的口中足見他都市化的程度至少在六分到七分之間，因此陌生來者不必很訝異這個

「番人」不經意就說出「很文明」的句子。（他還會不經意問「到底是誰番？——文明番？還是我番？」（據辭彙考，「冷諷」的酒精度遠勝於「熱嘲」，這是我那些年在國語文研究所喝茅台時悟到平生師友的。）上古茶布安的魯凱男人只有準魯凱人阿邦沒有一把番刀叼在肋骨之間，山豬一族已經熟悉這個沒有帶刀的是個「不值得的公人」鼻孔噗也不噗阿邦一氣更不用塞牠們的齒縫了；是不能比他浪子酒漬陽光長年曬成腐葉色的胸肌當初是處女瀑布打涮出來熬成就目今還甚有型不必說眾姑娘啦就是眾豬母遠遠嗅到瞥見就騷不禁蹼上來舔他眾口不停同時公共愛液洪水一般奔流造成南北溢寮會流處南洶北湧堵車了一大陣子又害你無聊自摸聊慰上山一趟直到油盡褲襠內裏發不動肉做的空殼車。（怨嘆的是，預估水壩的人士職業限制他體驗到南洶北湧的原始威力，不是電腦時代的水壩可以抵擋得住的。）還好，專業鏡頭阿邦是聽不真確「恰擦」以外的什麼的，（所有聽真確的都是「恰擦」以內的。多回，我路過見好茶大公主莫妮化身瑪利亞坐在天主堂條凳上打盹，阿邦的「恰擦」恰好為這「聖潔的打盹」作了宗教性兼藝術性的節奏。）當此時，我注意到貞小姐的好大慧眼盯住學術姑娘的唇皮念著正在她腦波中跳過的電腦數字算計著浪子他胳臂起伏的曲線彎度比諸她在都市藏書館冷凍資料中所記三〇年代較今又有怎樣的「臂勢」起伏差度的不同？（據說，「臂勢的差度起伏」可以現代科技同步測量出南、北大武山漫長歲月中雙脊的走勢起伏高低變化有零點零零三到三分半的差度不等。（阿邦說這是可能的，他定鏡頭測光整夜面對北大武，繁星光氣或流星帶來的悲傷的火尾都會讓北大武承受不同的曲線高潮。所以貞小姐又有一句名言：「如果你守得住北大武一夜，就守住了你生命的星夜。」（卡露斯說他自小見多了流星並無特殊感覺。我見流星不多，但從不許願，我想大約是古茶的星子密得廝黏成那樣，需要流星來疏淡它，好讓月姑娘羞著臉出來。）學術少爺全身裝備至少有皮尺角規與方向儀定點器溼度計長短程望遠或望近標高或標低等等「田野武器」隨時支援公主姑娘電腦計算的不足。（看阿邦臉色發白就曉得他覺得在天地之間就他這個人的裝備最「輕薄短小」，同時懷疑自己有「裝備資格」參與開發好茶新天地大工程嗎？（貞小姐分明：這又是大漢品種「人天合一」的偉大配備。卡露斯魯凱人單純得多，只認得天地間有祖靈俯看著走獸，大家和平相處必要時互取為用，至於是不是「合一」魯凱人想都沒想到。（如果你問布農舒兒君有關「合一」這樣高層次的哲學問題，他會領你走一段泥濘山徑下的荖濃溪谷去實地觸摸一下「天人交加冷熱合一」的硫磺溪泉。「田野採集」在布農舒兒有一定的規格，他勉強自己接受來自都市文化界規畫的一天「田野採集速食計畫」，但領隊他那帶桀驁的臉暗示你：我們有一定歷史規格的布農不是速食消化得了的。（舒兒君會不經心提及布農的創世時代由不得你驚心：「創世代」的布農部落常見走來走去滿頭發著金黃光圈的人，胸腔洞空獨具三隻眼睛的人，有平常人四隻腳肢搭架起來的長腳巨人，另有一種頭型長成錐狀像無線電發射塔的人；「口述歷史」說那個世代，星星離布農高山部落很近很近，想見有一些「異形」的人來來去去是常態——但舒兒君不能肯定是不是這些星子的人來去播種布農的，至少吧混血在布農的血液中，也有可能當時布農祖先無論形質、血液顯現出「強勢」，吸引那些星子下來的人，進行「全身美容或肉體雕塑的規劃工程」以逐步「布農規格化」。（「創世代」的事只能說到此，其餘便屬僅存唯一大巫師的「解釋權限」，他舒兒君也不敢逾越。假使你再追問，舒兒馬上教你實習田野：用摩擦生熱生磁兩巴掌下去兩巴掌吸上來三四條荖農魚。）

我頭一回同浪子開講是在一棵紅珍珠蓮霧樹底，我不時用髮梢甩開蓮霧屁股暈才能到達對方眼眶才看得清楚他說這話或那話時眼神「發散的真正意思」，這實在由於他是有夠努力駛「國家語」駛之不足的自然迸出他母語；所有「國家的語彙」中我大致聽懂最多的一句是「一個口令包一個動作」，（這可評估大約他浪子成長期還在威權時代：什麼都是「威權全包制」。（觸及「威權包子」和「國家語彙」的裙帶關係，我時空跳躍回到少年時代：暑假我愛代媽上市場，見大家各窩一攤地都一台斤十二兩相安無事，近九時派出所出來兩個帽子制服的手上把著一支秤；當然歷代平民都有那種大氣到的平常備有公斤和台斤，隨官方高興蹲下來秤他一斤十六兩，這時你就體悟到下一句：「人民的眼睛是雪亮的，人民的屁是一個都別想要的。」官方需要公斤就推給他公斤量個夠秤個過頭連半句應酬廢話都懶得同官方說。（長大後，若聽到有人說台灣人是軟腳蝦，吃不了嚇，只擅長辦移民手續：我就想起少年時代的市場那屁一個也不給官方的「硬氣」。（那五〇六〇年代，魚肉是用姑婆芋葉盛著蹲在孔廟前，待到帽子制服一出派出所，便大皮靴拼兩三步操它「媽哩個屄」，那孔廟前就即時驚惶到「外星人巡視阬地球」的境地。——如是，我先前寫的「硬氣」是靜態，而實際人生是動到令我懷疑是地心動的肝火。草地來賣菜或土產的老實人不懂改朝換代經濟制度的，固執舊時代十二兩夠用幾百年今天怎會十六兩才夠他們用，理虧了舊時代手腳慢一點的當然要向新時代繳魚肉規費，沒有魚肉雞蛋也行，整簍雞蛋差可保住吃飯的秤子。（現今我才弄得懂那是個人人患有「狂尤迫害及被迫害妄想症」的時代，見證當時島上軍隊流行夜半「鬼嘆」原因是「作戰」這個經由國家軍隊注射入個人的強迫性慾望長期「恐化」或「質變」或不定期發作的集體歇斯底里「單音節發聲練習」。（台灣人習慣走後門好辦事這習性始自何時，我問博學貞小姐，貞小姐抱歉說這種走後門的文化有夠髒透她一雙玉手不攬糞。回想當時，戴帽子穿制服的被招待吃嫖到酒家關門本想直接上班去，其中一位被酒女尿在當頭的繞宿舍後門，回家見她妻幫夫教子累成那樣睡得好甜是不好意思強她媽哩個屄就這樣梗到小腹胸口不能撫平他鳥氣的做為人夫人父的歉疚——孔廟前的魚肉菜蔬三不五時要準備被「內疚外王」的官字號大皮靴踐到爛到不只老孔、老孟也不忍吃它的地步。）次多一句話浪子是這麼說的：「蔣經國媽啊說不能打不能罵！」（我當時沒想後來才想到我會提及這麼多我少年時代的生活點滴，實在因為我一個眨眼也沒漏掉浪子胸肌上點滴糾結又各自分立的汗珠從成形到掉落的每一瞬都令我想起動不動就讓我「盜汗」的少年時代。（卡露斯說他盜汗都沿肩胛集中脊椎下股溝：終戰後過幾年，上山來幾個陌生人宣告林地都屬一個叫「國家」的所有，只留一點可耕地供族人溫飽，即時監視著要少年卡露斯和母親拔掉「非國有的」芋葉和樹豆，插上一種國家配給的叫「相思」的樹苗。他忘了母親有沒有哭，他自己不吭聲猛盜汗了兩個腳掌，今天古茶一眼望去漫山相思林，都是卡露斯腳掌汗溼灌溉的。）多年來我們媒體業已習慣「後蔣」這個辭彙，料沒想到在魯凱原鄉連被貫了十幾個「蔣經國」，恍惚回到「前蔣」時代，有一種光陰倒流的恐怖和新鮮。（可見浪子兵役時期有幸在小蔣氏愛心之下垂卵；頗不類我讀小學時陪阿嬤送叔叔去火車站當兵滿月台都是預先被罵被揍被操的「淚的小站」。（好在近幾年小蔣的指定接班人修正為「不是都不能打的啦，也不是都不可以罵的哈！」那時浪子業已歸鄉。）開講中間，浪子習慣下一句結語：「不止到今天為止我們佩服他一個人蔣經國是個有大能力、大智慧兼大卵巴的人！」（這是歇後式的頌辭了。拿九五年大選中央公職的得票數來看這頌辭落實到原住民族至少百分之八十至九十的土地上。因是不可用「管窺」小看浪子的頌辭。（貞小姐雖半成長在後歇後頌時代，我猜害羞令她參不透卵巴與大智慧有「啥麼究極關係是天理難容的？」我稍稍知道歷代文字訓詁學家、陰陽術數專門家和宮庭雜燴史學家都悄悄暗示有大能力者必有大卵巴這個「想必然耳」的人體工程力學——不過「智慧」和「卵巴」是相反相成或統一陣線，我很高興就此一個「為什麼」我和貞小姐一樣同參不破。（小說到此，不得不怪先生卡露斯，若是他能早在八〇甚至七〇年代就寫作出土古茶布安的開基祖普奴拉旺乃至後來的民族英雄伯楞，我敢肯定浪子魯凱絕不會直到九〇年代還在深山部落「言必稱蔣」。）浪子當我是蔣朝時代遺老灌我迷湯，說要是沒有「你們蔣經國一個口令包一個動作，我們不只沒衣褲穿、軟的白米飯吃不到現在還在啃小米。」（有禮無體的殖民日本人早就命令原人女男穿上文明的和服，免得大太陽底下嚇到神社裏蹲的天皇，所以說「沒衣褲穿到蔣經國」這點可以不論。小米是部落主食，什麼時候讓位給外來白米，這我考據不出，卡露斯先生也好像沒有「主食被取代的現象」，他平日喝小米粥、水煮芋頭樹豆、啃芋頭乾零食，客人來圍鍋時鍋中才有文明的蝦餃、貢丸、營養又冷凍的豆腐、高腳金絲菇短腳草仔菇當然好吃的大粒香菇是入不了貞小姐的鍋。（我揣測大約在「三年反攻、五年備戰、七年陳米」的第七年吧，陳米聯手米酒以「公賣到家」的方式攻占了部落原鄉。好在，我在好茶客居所見，清晨一大早主婦還是用舂杵舂了一日所需的小米：時值九〇年代中期，這舂杵聲想就是德博士書中「未開化的土人」所延續到今晨的舂小米聲音。當然白米是部落必備的，七年陳米備到現在當不止三四十年的醇米了，「思念故鄉白米飯到苦悶得很」的德博士或難得上山來視察部落行政的「大官虎面」都指定吃這種備用的醇米。（不過派系有別吃食亦不同嗜，自台北大都市什麼進步聯盟特意來了解好茶的生態，事先就電傳吩咐一定要吃到部落傳統吃食，尤其少不了現舂大鍋煮的小米原鄉粥，絕不許見到一粒雜質的福壽西螺米，又強調，更不要那種北京餡餅店兼賣的小米粥口味，光那店名就知它小米來路多麼可疑。（小米酒在胖子雜貨店一瓶賣到兩百，高貴公賣紅標米酒十倍，這落差想必是「土產」這個辭彙較「公賣」值得多，因為就有轎車繞著部落巷道來去問有無賣「土產米酒」的。我不好意思問胖子他釀的小米酒開瓶時但見米屎色少了那道「未飲先醉人的彩虹」，人家卡露斯不論文章寫的或平常居家釀的都有。）我感謝浪子是唯一不問我到部落是為了「研究什麼」而來的人，大約他天生就感覺出我是同他一類的「開門能見月」的人。

另外，我印象深刻浪子語彙中對「長髮」一詞的堅持幾乎達到「古典主義」的地步。眾所周見，做田野的女孩為了田野方便大多齊耳一式的女強人髮式的；「古典」校正浪子的眼睛把齊耳看成齊腰，大概浪子在都市猛浪時期還未流行刀削蜜豆冰，更後來炫世的雙刃豬頭皮後頸他來不及見到，短髮瀏海遮遮掩掩了額頭間的青春痘或四季痘對浪子的眼域沒有「挑痘」的意義只要是女人就是長髮，他就有天生作為一個魯凱男人浪漫的替「長髮」狩獵終日到一生的責任。（難得有回我請問一位嬌小的人類學姑娘，為啥捨得把長到腰的髮剪成剃頭式，她回說「人類學導讀」書中就暗示存有這個問題在，「人類學田野工作手則」更具體的叫她留不住長髮：(1)只有人類具有意識的「剪髮」這個動作，光憑這個「動作」就「類別」了其他動物乃至其餘不成熟的靈長類。(2)髮長，要攤花開來披瀑下來，有力無力地梳，才顯得長髮的魅力，可惜她們「趕田野」的女人沒有這種「魅力時間」。(3)公熊比如浪子只認得長髮。（貞小姐這輩子就當不成人類學家。有回我們碰巧坐上一輛慢車，整個「慢車時間」她攤瀑下來長髮梳了又撫，撫了又梳，還拿車窗框的夜色田野當背景：當下我才領悟自古以來美人頭都自遲午梳到黃昏後是要把陽光梳掉的。）浪子鬱積的長髮情緒在人家短髮本位看來真是個剛踢走又纏來的結球了，何況這結球經酒一浸自己便膨成「大不纏」，這時母語吞吐不順「國家語」的窘境就發到「結巴：巴結」一組兩個語彙有時相擷抗有時相互換的境地：浪子「山中機會教育」所有他心中的長髮既是平地有求他高山魯凱而來，傳統方式理應日出殺豬正午擺桌黃昏圍舞直到夜黑風高好辦事以示同樣是人與人間真誠的好意，傳統進步到現代至少陌生人兩相見面時互遞一口檳榔互相齜齒給對方看看內底也充分釋出彼此的「沒有不好的意思」——哪像今日這些學術短髮的大刺刺蹦入部落繃直嘴皮忙著整頓田野道具星星沒心見到幾顆不知何時已裹緊睡袋內鍊還拉到全死怕有百步蛇頭鑽入檳榔粒小大吃不到她一顆那嘴皮越看越像被溪間的流水針縫成一線。所以人類學小朋友「學術討論」後可以學阿邦過境山腳水門必買幾包檳榔上山作禮物，（所以大人瑞咯各‧咯各隨身肩背袋內吃檳榔的小道具都有，至今我只見過她親手做一顆送給忘齡好朋友阿邦，（因此當時我訝異離大去不到三天的比阿紐咳過之後還蹭下木床蹲在石板地上拇指扳小刀剝她庭院栽的檳榔粒塞入唇間的那瞬間我現在才了解原來那小檳榔粒大到可以自慰平生——真是「臨終之檳」啊真值得譜歌。）浪子生平最恨見應該溫柔百般的偏偏不止正經而且八百，最多臉上只微微掛一種「應付的偽笑」來去部落巷道田野中，他浪子受不了這笑偽

・

的和他當年工廠老闆娘平日的肉餅臉夾金牙笑得一般，就忍不住酒懷胡話說來：他黃昏時習慣躺在溪邊沖積巨岩上想像兼研究星星同芒果有啥屁的吸引力的關係，正當他研想見到黃昏暮色中芒果隻隻受不了忍不住顆顆掉向剛到我們地球的星星的瞬間剎那，他眼角同時瞥見不知是哪顆星星偷生的「流水兒」被沖刷到巨岩下的溪洲，「可能馬上到了餵奶時間，」不錯浪子還曉得餵奶這回事，定是他小時餵過奶到今天記憶猶存，「像涮愛玉子一樣涮星星流下來的小人兒」，浪子難得嚴肅的臉格外肯定了「嚴肅」這個辭彙的「嚴肅性」，馬上啟動至少三四位好心姑娘衝去溪邊（最可能是阿邦手電筒帶路，近年來我發現阿邦原來是手電筒的發明者，貞小姐也說是，連她的飽滿腦袋都常忘記讓手電筒跟上山更別說我這東西分不清的腦袋了——發明者永遠不會忘記自己發明東西，所以歐本海默臨終之眼永遠看見原子彈，我外祖母臨終之前一陣子永遠不忘提到她發明的藏在病床下的大筆錢鈔，而原住民卡露斯或狄更斯永遠不會忘記一瓶維士比配兩罐伯朗咖啡冰的可以讓貨車高速到天亮，這祕方是狄更斯・卡露斯遠在九〇年的某個夏夜「炎熬」出來的新發明新祕方。直令卡露斯想到便要喝到醉的是，為什麼他一位同年作伙去當兵的好友，某晚同他喝足了「新發明」後跨上機車以百里的速度衝向迎面而來的貨車，他清楚聽到貨車大鳴喇叭，他也清楚見到那機車的手把永遠堅持絲毫沒有轉彎的

OAK 意思，現在他在古茶的深夜清楚記得那好友告別時露出一種「童年的微笑」。）衝著抱「流水兒」回來的姑娘先「幾何定量分析」小兒原人血統比重幾分、文明混蛋又污染了他幾分，才審慎結論該餵第一口魯凱原奶或平地學術女孩普遍無奶，好在部落雜貨店存貨有好香好濃的 OAK。忙亂間，浪子怔怔凝眸身旁「長髮」那素唇原有的褶紋無數幾乎都要被唇主人一貫的「學術尊嚴」和臨時發生的「母奶論定問題」打平成板模，那麼賽似溪紋的唇就要被不止啊嚴肅的學術灌腸平滑了唇皮，可惜禁不住他浪子伸出指尖「挽留在文明學術的洪中流逝的美麗唇紋」——當然了這不得了無論長短姑娘為了某種「神聖的」才幾百里跑到窮鄉部落忍受大黑蚊大金蠅的叮癢，（叮到有的都市養就的小腿起了連珠泡直上膝窩大腿，阿邦嘟說可能只有古茶的馬櫻丹的毒汁可以治得，貞小姐建議用大姑婆芋的葉子包起來全身見肉的地方她初來好茶時就發明這「葉子包」竟然之有效，（卡露斯抱歉說黑蚊大是天然營養好愛叮新人也算是牠好奇不懂人事，凡是大金蠅品過的都可以吃而且想就知道特別好吃。）姑娘也抱歉卡露斯先生說她們不怪原鄉產的金蠅黑蚊的大她們在都市什麼怪胎沒見過，恨只恨「熱門九〇年代才被挖掘出土學術圈內流行的性騷擾可能利用傳播媒體翻過學院的矮牆傳染到了純潔的原始番區」莫怪她們先是小呋耐不住「精神刺激」嚷了開來擾到部落人家。（卡露斯先慰姑娘：好茶不比都市，螢光幕上學來的當不得真，魯凱天生沒有「性騷擾」這類語彙，是有「浪漫的打擾」夠不騷也談不上性不性。姑娘今晚只管照樣好睡魯凱沒有。（我清楚聽見「原始番區」四個字出現在九〇年代中期學術圈內的口腔中，我思索多時才想通是性騷擾這個帶「原始性」的動作牽引出了「口不擇言原始番」。貞小姐不同意我的思索：原始人根本沒有性騷這個煩人的動作，「他們都是兩情相悅、兩肉甘願、互不欠債的。」我不用再思索也肯定我前一個思索的不是。（難得阿邦發覺自己騷擾性到人家原住民多多。而卡露斯性騷擾這個語彙一直說得不順「性——騷」「性擾——騷」「擾騷——性」……）但見浪子彷彿氣逼小腹直下大腿，小腿彈跳起來口中直屁噗、噗屁個不停，（像我浪蕩半生，類騷擾性的行為自己也記不清楚凡幾，我修養到騷過就忘，屁噗噗屁的當時可能就錯過了再來值得一騷的機會，（若有溝通浪子的好機會，我「點」他浪子省下屁噗噗屁注意每個當下他就當下得騷至少人生會過得更好。）虧在聖教堂教歌詩的牧師娘趕出來排解山中難得的「種族溝通問題」。當夜，部落派出所開臨時會議決議：為了將來開放觀光遊覽後的「唇紋之鑑」，臨時法律限定浪子全身不論哪個部位不得接近外來的「長髮」三尺之內，更嚴禁他跟蹤愛聽幽谷溪水或專程來溪谷晚霞尋夢的「長髮」。（卡露斯認為這違禁令好比違章只讓人見得「無臉三百兩」還叫人百思不解「魯凱男人的原始溫柔呢」是不是讓位給「文明變相的溫柔」。（貞小姐出一口唇氣，今後浪子不敢「越位」她那全島第一百褶裙的唇紋。倒是，阿邦恍然若失浪子幾度打平板女生的唇紋時他都正在用力傾聽女生唇中的「術語」不多時就陷在術語的網路中鏡頭苦等一旁沒有機會出鏡。）

貞小姐的十萬個為什麼：為什麼我能接受浪子的「屁」她就不能？當然囉道修有深淺不同。不過貞小姐即時問了另一個為什麼：為什麼浪子的屁和「道屁」會扯上什麼屁的關係？（「即興」我也會臨時我想到一個緣由，在我大學時代碰到唯一個風格獨具的女教師，她在「哲學史」課堂上講道講到生氣時就噗出「狗屁」北京發音，那時我剛從年少升到年輕內擋力不夠常常被她屁噗倒尿溼了自傳統以降的對「正統的尊敬和信任」；聽說，她是「新儒」牛大師儼然「進入室內」的之一個得意弟子裏應「一心二門」教忠教孝不然如何來「內聖」其內同時等不到自己就要「外王」，——不用想也當然這般孔孟師徒排隊求見外道老莊時止不住自己罵自己「狗屁」「狗屁」又捨不得掉隊那種尷又尬想是當然的。）後來，我發現不止我連部落「重量級人士」也懶得不接受浪子成天到地的「屁經」，就因為他成天到地設防很難，也因為屁的是屁事不是有重量的經國大事。（到今天，刻骨我那狗的屁，實在當時六〇年代敢直口說屁話的人是屬「稀有品種」，何況從那樣「哲學包裝政治」的藝術包裝中說出。（從小，我娘「屁」二二八事件以來的掌權者都是裹在棉被裹才敢的，我爸向來是聽而沒有聞到。）我勸貞小姐暫且先別「討厭透啦浪子那樣不正經哩呢人家的屁股」，千萬得過浪子這「屁關」說不定就是妳人生的不二關口。（我大學時代就有個好友過不了「××主義萬歲」那一關，他原只參加某個半祕密半公開讀書會桌上影印幾份「資本論」馬克斯，我們慶幸他小角色只判五年料不到他在軍監吃大鍋飯時直起來喊那幾個字萬歲，當場被拖出去槍了斃。妳信嗎？今天你站在中正叉中山大街口喊破喉嚨「××主義萬歲萬萬歲」，路人警察懶得理你瘋子。（政治家如此評論這事：是時代潮流襲捲去了他作為一個小角色認識不清政治潮漲潮退的時刻。史學家評史：人殺人不是鮮事，他有幸被政治掉想必是「歷史之必然」。哲學家睿智：政治這東西本質上就是此一時彼一時是最沒有「道德價值」的東西，歷史是被政治閹割的男人寫的被閹割的歷史。（——假設那個小角色朋友當年能躲到「形而上學」轉一圈，昨晚他可能在敦化北路某個俱樂部宴請熬成自己名家的某名政治家、某名史學家、包括本人某名學家，可能他們三人龍蝦三吃時爭論的是「吃大鍋也不錯為什麼要站起來喊喉嚨？」這樣的場合最合適喝「血腥瑪麗」可以飽暖之餘三思處女瑪麗屁股的血腥清香。（卡露斯說他也不願相信有那樣的年代噴白沫喊幾句沒營養的話就非要你灑熱血灌溉我們這塊美麗的土島國。比如，今天有人站在好茶社區碑石下大聲喊「自治獨立萬歲」，族親經過看他喊得有氣無力都不忍心拉他回去吃大碗芋頭樹豆湯。（貞小姐要我別亂編故事壞了好茶純淨的夜色，我說下回妳去我寫作間坐那修了又補的古董色籐椅，就會感覺果真是那萬歲屁股坐過的——當時午夜來了一輛吉普下來一軍官二憲兵，被逮上車前還隔巷好心喊說：「歷史」移交給你坐了！當時椅高靠肘是手工奢侈品一張價值學生考慮再三買不下的六百元。（事隔二十年，我仍想不透為什麼他用「歷史」命名坐的椅子，他每天「坐歷史」是為了成就「偉大的歷史的一天」嗎？又，移交歷史給我坐的用意是什麼？歷史是正經八百又亂七八糟的東西，當年直到現在每回都為該以怎樣「正確」的姿勢來坐它傷透了腦筋兼大小腿筋。）星斗如鳥蛋，卡露斯先生有感：今天部落存在的意義可能提供一個「異質的」「純淨的」地方洗掉你們都市矇矓詩的眼睛好看得確實星星下蛋溪水不只大又亮，而且一顆黏一顆，流星是炒手，好讓星星不沾鍋。（我補充貞小姐：暗夜深山掃巴星這麼多，有可能是為了掃除都市女人「過目不忘相互比較彼此屁股」的習慣，屁股還它屁股本相哪管它蕾絲外翻或腰帶遮屁流蘇千萬絲，真有一日妳道成屁股那就「無動於衷，人家再怎樣不正經到眼到、心到恍惚還手到什麼不正經的地方吔啦」，如是必要把握機會不輕易放過浪子的屁鬩，——

有這麼一刻將會來到：妳走在好茶溪水或都市汽水妳渾然不知手上拿著喝的是礦泉水或可樂水妳真實感受到自己擁有一隻「有來也有去同時無來也無去」的真正屬於本來面目我的屁股吔呼啦！）

阿屁噗雖已年過卅，部落中的「少年團契」他是一定與會的，當少男少女分開排排坐扭捏著不肯提出「切身困擾」的問題讓上帝知道時，浪子長坐不久就率先發炮，當然那炮眼的餘光是斜盯著某位在平地求學回來做禮拜的長髮。整場生活檢討會中，大家都習慣了浪子隨時插花，他可以隨興把花苞部落原土移植到遠方都市廢土即時開放一朵「爛豔色」的花，讓小男女都有滋味的聽同時忍不住洩露或告白出自己在廢都經驗的花事或糗事。實在，有些帶糗味的花事氣味大不合原鄉部落的純淨空氣，害得牧師幾度宣布「是該作總結的時候囉」，而作總結前的「準總結」一定是他浪子做的總結，而牧師的總結大部份在漂白浪子他的總結有哪些色彩不宜或濃烈了些，哪些「僅供部落參酌使用」。畢竟在這種時代潮流的衝激下上帝不得不允許的青春聯歡會中，牧羊人也必得放下些許牧羊的身段，在隨後的共舞中浪子噗屁起來也不怕牧者擺出原始聖經的臉孔。對於少男少女尤其少女，浪子是「頗具危險性的人物」，少男骨頭未硬到敢賞他阿屁噗一巴掌只好忍他屁股抖得全身空氣亂流，少女則一被他抓上跳舞的手指就有一股原始熱氣流從指尖顫危危到心瓣膜。（少數幾回浪子浪出部落忘了回來，當夜大家都寬懷的多，「感到一股無比祥和的氣氛，連貓頭鷹的求偶咕咕也失了聲。」不過發言時間無味得多，牧師沒有對手三句話就教示完畢而且其中兩句還是平常以他牧師身份的聖潔敦厚不可能說出的「失言」，譬如他提到「新時代新人類人人必要自備保險套」，有半數魯凱少女低下頭嘟高了唇，譬如他立刻修飾前一句話「上帝降愛滋以譴責爛交的男女，同時上帝叮嚀我們戴保險套以保護規矩的男女」，連少男魯凱彷彿都受到莫名的侮辱；「新人類保險套的可愛造形」及「爛交這樣詩意的行動美學」平常都由浪子代牧師說，就顯得恰當又逗趣。既是浪子就沒有告假的習性，牧師語彙有了閃失作為上帝的小小羔羊也都可以諒解，然而隨後的圍舞晃來晃去「總覺得缺少了什麼」。（貞小姐罵：就是缺少你老狼的大目神！）卡露斯考究年輕人的手勁不夠甩不開少女大蓬裙，（阿邦鏡頭標本了一些「團契少年的僵屍舞」，）不管「話」或「舞」都是草草，可見「浪子之必要」是必要的，他舞到顛時口中發出一種「恐龍相好或相怕時的發音」，還強他手中的女孩也學他「發聲」，逼不得人家也小恐龍了幾聲奇的是一恐就禁不了自己不恐下去，更奇的是這裏一恐再恐那裏也恐了起來，最小裏小氣的男孩恐得最大聲氣口，直到滿場小恐龍都恐放出時代部落的鬱汁。

卡露斯先生憂那樣不分夜日的歡宴氣氛應該不是祖靈的意思，「持久快樂」阿屁噗的背後是公賣的酒蟲：不管初陽上升或初月上升，他醒來第一件事就是咕下第一口酒，而後你會在任何酒聚的家屋見到醉態可掬的他。（我替卡露斯分憂：阿屁噗日日過著「個人生命的歡宴」，他是極少數有能力沉浸在生的幸福中的人——「從前魯凱的男人不是這樣。」卡露斯打斷我的話。）新近，剛吃過晚飯，我們在雜貨店闊論「反水庫運動」的折衝得失，阿屁噗守著全島最後一瓶雙虎五加皮窩在牆角沒有意見，眾人民主自由分析而每一個重點的結論都讓胖大老闆瞪大眼球來成就，我感覺在這樣「不知嚴肅」的場合上卡露斯的嘴巴想唱歌，貞小姐不自覺用她渾嫩又飽滿智慧滄桑的嗓子唱起「春花秋月，歲月如流，遊子傷漂泊……」進七八張石板地板之遠的阿屁噗「間不容髮」用他漂泊浪子的口徑，屁了兩隻老虎向貞小姐，（可見「漂泊」這兩個字之於浪子是多麼可恨或可愛，）虧在酒漬的虎無夠力，一隻癱在卡露斯的肚皮，另隻癱在胖老闆的腿窩間，貞小姐——當此時殺近來一輛摩托賽可，下來一位穿綠野迷彩軍裝的青年魯凱入門來便逐一二三握過每個人的手要人明白他的手勁是曾經特種部隊的，（貞小姐每次上山都備有娘祖傳的消腫炎可以消肉體肌膚乃至精神神經腺的腫，）隨後這人也不坐下吃石板豬肉也看沒有到烤秋刀魚的香只咕溜咕溜幹掉桌上不管誰的酒，「你們黨國欠我一輩子還不了的放克我能指望你們黨國欠我什麼夠我放克他媽的我一輩子放克！」大家只顧吃魚吃肉哈米酒稻鄉，他自己重複問自己幾遍，顯然在每一間句停頓時和終了時伴奏上兩個音「放克」，（我原先也聽沒有懂這「放克」只覺得他放克放克蠻有節奏是屬「畫龍點睛」那一種語法架構，後來貞小姐見我真呆被放克了還同人家點頭放克打節拍，悄聲提醒我「那是侮辱女人同時騷到骨子的女人愛的 FUCK！」這我聽了當場逮住野戰夾克要他幹啤三罐為了紀念我初次在本島低海拔內山深處被人家放克來去不自知勝過在都市 PUB 放克兄弟百千次，（阿邦鏡頭立即跳出來「放克」，卡露斯沒有動作只是帶一種笑。）那野戰人第七次或八次重複他的問句時，不防阿屁噗蹼到他野戰前，原來雙虎夾克和野戰夾克的內裏都是實質胸肌的，當場公證人七八見證野戰的雖已退役三個星期那肌胸顯然還有「國家的規模」，不過浪子幾年來打空拳勤練每個豐年節，誰也不敢肯定兩造的胸肌肉質誰也輸不得誰，「——他喝半溪水半公賣勝過純公賣的，」貞小姐適時評論，野戰不服女人公證大聲放克起來，揚言比胸肌不如比「幹它屁」的能耐，他在野戰時曾哈乾過退潮時的水人人可以用走的過去到蘇州，浪子也把雙虎插在腰際說啤水好比部落溪水他每天喝之不足還用來泡尿，胖大老闆趁·不注意拉下雜貨店的鐵門鎖上，同時巷道黑暗中緩步來了個「蠻有氣質」中年紳士黑狗兒，大家一見都站起來哈腰，放克小子一味說「大頭目好！長官這麼晚還沒睡啊？」阿屁噗則躲到灶爐旁抱著他的雙虎萎成一支老虎鞭。

時至一九九五年炎夏，我見浪子還是去冬的老虎夾克窩在部落這裏那裏成就「語言上的浪子」。他可以對著任何一位族人或隨便哪一棵檳榔樹，說上一個傍晚到午夜或一個清晨到正午。（這不稀奇，我那府城數一數二富婆的姑婆，每晚對著電話筒子聊天氣或話東西從本土連續愛人哭劇到錄影現代東京不倫大悲劇；姑媽的媳婦則多年練就向中庭假山水中的錦鯉傾訴童女以來的心事波折，那嘴角生波就保證池水永不怕乾沽的一日。（少年時代，我聽慣了祖父在夢中用「昔時國語」長篇大論——是真正的長篇，因為夢中那演說的質感不僅該頓就頓挫就挫，還條理分明雖然我「大漢國語」聽不懂他半句但至少學會了替他夢中斷句昔時國語，論上個半時辰後只休尿尿壺的光陰，躺下去接續再論一個半小時就聽到鳥叫。（可惜當時未進步到收錄同步，不然以祖父將九〇年歲的「夢語錄」翻譯出來當可製作好幾本「夢啊書」，有可能打破金氏先生的夢紀錄，說不定一舉打破了本島有史以來的大部頭「夢淘沙」。有此前「語」之鑑，現在我都隨身隱藏錄下浪子他語錄，等待卡露斯先生完成寫作大業後有空「解讀」錄音帶。）初見浪子距今三年有多，我驚異浪子的語彙和構句法變化到連族親也只能聽懂他不到五分之三的意思；你見他今日清晨或黃昏在檳榔樹幹語個不停間啜一口稻鄉米酒隨即湧出更多的語句，你不自禁會被那「語言的意亂情迷」所感動。我凝望星星想像一種可能：浪子的語言內涵會隨著顛亂化逐漸深邃到神祕化的境地，說不定他沒有一般人謹言慎行一不小心就說出「魯凱的真言」。

為什麼「文明」這個東西必要溯溪谷而上

如果你在豐年節這一天，百里深山去欣賞魯凱的圍舞，首先你感到這圍舞在山林溪水之畔不是都市PUB的小舞池（不管它取名「法櫃奇兵」或「敦煌石窟」）池畔煙霧迷茫可以相比的，（當然如果你正好是「經營之神」，你就開工評估把這一大片溪水山林原封不動遷移到都市叢林的小舞池，就廣告效益如何？就經濟效益如何？）因此不能怪你遲鈍遲至你放下「神的身段」才發覺那圍舞舞步單調反覆無趣到看不下的地步不比PUB的亂舞飆舞，幸虧隨後你注意到在單調中有雙舞步遠超出單調雖然還不敢說它到達都市的繁複，最恰當的「官方說法」是：「具體表現出部落中和諧的不諧和同時具體平衡了世紀末部落與都市暫時性的差距」，——那就是浪子的舞步了，好茶人常見當作沒有看見，阿邦的鏡頭不知在舞步及其上腰臀的花樣浪費了多少底片，有幾位一組初到好茶的陌生人好像搞「原始＋現代」音樂舞蹈的驚奇發現：「搖滾大事紀：搖滾搶攻了魯凱的傳統舞步一九九五！」並以全錄錄像了浪子之舞。（用「搖滾」來新標貼浪子的舞步，我們不反對因為搖滾可以有「各種層次有如天花水痘一般的搖滾」，不過好茶人都曉得那是浪子的醉步：醉蟲下沉到足踝再吮著嚙著小腳指讓他穩不住大踇指踏不出既傳統又正頸的魯凱舞步。（所幸，醉舞屬滾之一支，好看猶如醉雞一樣好吃。（詭異的是，後來我的眼睛離不開浪子之舞，也許那舞步「傳統中有創新」，也許難免令人擔心浪子飆起來「舞出魯凱傳統太遠跳不回來」，那不就不好意思了傳統魯凱和現代客人。貞小姐勸我不必不時覺得自己「多麼詭異」，她自己從另個角度也迷浪子之舞：她愛看眾多正經中的不正經。）

　　貞小姐所以活躍於這篇小說中，除了她天生智慧處處要煩她「點明」我們大家之外，實在由於早在少女時代她就有兩年完整的「山地服務」蘭嶼雅美的經驗。（相對我到了卅幾多歲還躲在空調冷暖的藏書館研讀「原住民資料」，貞小姐的「少女田野」真正愧我多多。）她初次到雅美時，不小心便出口「各位親愛的山地同胞們」，在場聽得懂外來語的雅美也聽不懂「山地同胞」是啥意思，還好貞小姐慧眼立即從一位雅美孩童的瞳中看到了滿瞳的海藍，才了解「山海」有時是不能親家連體並稱的。（卡露斯說他初次眺到海是讀神學院時常眺的淡水出海口，他已不記得在哪裏真正觸摸到海只記得那時心中確定「這海來自故鄉古茶的水源」，另外味道是有點不同「大概它沿途承受了文明的複雜滋味」，當時年輕的他不明白：那滋味的複雜來自多處文明傷口齊齊發膿的味道。（我小時在自家庭院眺到山，是玉山屬的阿里山，初次見到海是台南鯤鯓「美軍海水浴場」的海——當時納悶原來山有所屬海也是被占有的。）貞小姐笑我們年少所見的海算不得真正的海，只是「黑水溝」邊緣的溝壟小沼，沒有衝浪的氣勢連海的顏色都不是應該有的澎湃大氣的：只有雅美那樣太平一望沒有界限的海藍，正宗的藍，才能「原始」出獨木舟和飛魚的文化。「那般年年被海浪擊打的胸肌，」貞小姐眼睛不離浪子的醉步，「不是偶爾泡兩三下溪水的胸肌可以相比的。」顯然，那醉舞帶而起顫的胸肌已失喪內在密實的肌質，動作特大時那胸肌竟跳顫如女人的乳浪；三年前，我初見浪子的胸肌在暑夏真是水瀑涮過的大武壁岩，我心驚何時開始貞小姐也對這「大武胸肌的失墜」時刻憬然於心——是一種面對美的事物的失落感到無奈傷悲吧，我默默凝看著圍舞中時時突凸的浪子花步。貞小姐陡地起身說她要回去準備晚飯吃的大鍋菜，我跟著說我可以幫她拿吃菜的大鍋，「可能今天是我們看浪子最後的醉舞了。」貞小姐嫣然一笑，這笑讓黃昏的貓頭鷹隻隻睜開了夜暮的目睛。她記起一位自都市「回鄉久蟄」的雅美男人，同樣三十歲上下同樣醒來就趴著找親愛的老米酒，和魯凱浪子有差不多「深奧」的語言能力，教會教他英語不多時他就能導遊英系的觀光客。（他是一路撿英語系的垃圾的，比如千嚼萬嚼過剛吐出的口香糖他撿來黏在鼻頭、額頭或下巴，比如萬事ＯＫ繃剛下男士的膝蓋就裱上他的特別翹的大腳拇指頭；又比如女士剛褪下被蘭花草裂了線縫的絲襪帶蕾絲馬上披上他脖子儼然「夏日最後的圍巾」；隨後又比如女士擦嘴鬚汗水毛的香紙他一一撿起來枕在大腿肉手工熨平到你用顯微鏡也看不到一絲汗鬚女人那樣的皺紋。）他是小島上能發正宗北京語的唯一原住人士，聽說得之於他在大島上和「北京分機構」有幾年不尋常的關係，又聽說他把那幾年的功夫全花來「蹲」在北京路上，聽他說「飛魚」這個「飛」的北京發音和「飛機」的「飛」就有活潑辣的土產芋頭和惡靈嚇的進口芋頭的差別，貞小姐聽說最有可能他在大島那幾年被北京派的人類學專家抓去當「活標本」幾年後逃回小島已染上「隨地撿標本作古董」的習性，（外來語是他必撿的垃圾，外來文字連作為垃圾的資格還「談不上」：就這個觀點，可以了解為什麼原住民寧取「羅馬拼音」。）不帶英語系團或北京系團時，他每天環島一趟「作田野」撿文明觀光後的垃圾寶貝，小到南非咖啡糖衣包裝紙奇怪浮凸個女人的頭，文明昨夜或前夜套過紳士的保險被海風灌飽成彩色汽球他隨手撈了海沙紮實它，淑女棄的前衛生棉紅染料可以塗午夜來訪的外星人的腮紅自「開島」以來一直是外星淑女的最愛，小罐啤酒中罐保特瓶大罐廢輪胎，他都一一塞入軍裝大口袋扛在退役時的背包肩膀帶回家屋去裝飾門面。（所以好茶新村的門面壁飾說不定靈感自這位雅美垃圾青年，不，「雅美第一位素人集成藝術家」。貞小姐對年代先後地緣關係不那麼關心，所以她不能肯定「是誰先誰後」這個重要的問題，我建議提請中研院民族學研究。）貞小姐靜靜說：她離開雅美時，垃圾壁飾已經高過她的頭，現在鐵定蔓過屋簷上。

貞小姐遠見到酒瓶極可能成為浪子的家屋壁飾，百年後就要累壞「壁飾專家」潛水庫去考據這「酒瓶世家」。卡露斯先生凡事不忙累到人類學的或中央民族學的，「酒瓶上不了屋壁，」好茶家屋壁飾各有它的門風傳承，譬如門邊分站兩個大男女頭頂水甕的那家表明在「歷史的榮光」中他們這一家有幸成為幫大頭目挑水的世家。（「挑水」可以成就「世家」，除了表彰嚴謹的階級組織外也顯示了「職業世襲的尊嚴」，不是「垃圾隨便可以成就的」。如此，有可能出現全身披掛酒瓶裝備的浪子藝術家，但魯凱傳統不可能出現什麼「酒瓶藝術家屋」。（喝酒在魯凱傳統不是藝術，是祭典行為的部分：釀酒的動作也不屬藝術的創作，只是祭儀行為的部分。（光這一點，貞小姐說：可以細心分辨出雅美與魯凱「海VS.山文化」大處著眼、小處用心的不同。（我想貞小姐自己就會潛移默化這個那個多少也受我「禪化」的影響，多少事「點到為止，再不多說」。）

我婆心解讀貞小姐的意思是：雅美人眼睛終日大海對大海看不到地平線下什麼家屋壁飾經得起海風狂飆一吹還不是「有何不可的大海」，而魯凱封在隘寮山谷之間必要小處計較舉凡祖靈柱、簷雕、百步蛇甕、壁飾圖案甚至放一塊白石頭在石板屋石疊間都屬「封閉王國的倫理」。（小孩不可夜尿在屋內怕尿到地下的祖先，情人不可在石板屋內外打情或罵俏，以免聲音頻率壞了地下祖先的耳朵，喝酒時第一滴必要敬地下的祖靈不然讓你不管帶多少甕酒來就是喝不到第一滴。不過雅美的禁忌更多，貞小姐說它一夜也不盡暫且就不說——這可悲人類因為畏怯自我同時為了防範自我到了非人的地步。（貞小姐說她自小在家紅姑娘來時就不准過佛堂更不用說進廟，我還記得少年時代所見我祖父規定我娘連線香都「不必」拿的更不用說祭拜的四果了，當時我不懂「禁忌」是啥個東西，也不知道為什麼要怕它禁忌到這般，只覺得男人欺女人太甚到忘記他是女人生的！）自從打空拳那夜，我就建議阿邦全面性的記錄浪子，可惜那時阿邦剛涉入魯凱，鮮奇的事物令他鏡頭眼花不到浪子。「浪子」是平地經濟起飛後被重重摔回部落的典型，貞小姐苦心說雅美垃圾青年，不直接提魯凱浪子，不過卡露斯先生心領神會貞小姐的苦心及意之所指，在圍舞後的大鍋菜之夜，他要用「宏觀」和「縱深」這兩個角度讓我們了解浪子之所以成為浪子並不僅關係到浪子一個人的事。

「我們魯凱的祖先有巫師，沒有浪子。」卡露斯先生起了個如此的話題：如果有個人太「浪」了，我們等不到他浪過頭就逼他、訓練他、成就那個「天生的浪」好讓我們尊崇這個靈魂永遠在瘋浪之中不得安寧的人。（從宏觀的角度，地球每個角落尤其陰暗的至今都存在有這樣「不得安寧到令人崇敬」的人；從縱深的角度看，這個人一直存在文明史前或史前文明。）我遲至去年秋天，才在魯凱的另一個部落見到不二換的巫師老多納王胡魯谷，他最先引起我注意的一句話是：「作為獻祭的肉，人肉和熊肉是同等不二的。」（在人類獻祭史上，生吃豬肝和人肝也是同等不二的，只是時代不同事象差異有別，我看最近馬卡道平埔夜祭時，在豬的第一道肋骨劃下第一刀，白手入去摘出心肝的動作，是多麼等同於我在夢的螢光幕所見：在第一道肋骨下方劃第一刀，巫師胡魯谷白手入去摘出人肝直接送進馬卡道巫師的嘴。（報導都影像說，他連吃了幾副生肝，弄到滿嘴亂塗了豬血成了影像聚光燈的焦點後，胡魯谷小聲說：夠啦，他就立時跌坐在一張太師椅上，立時就有文字記者訪問他豬嘴連連說：可惜古老的技藝都失傳了，當年我師父生肝可以連夜「啖」到天亮⋯⋯（貞小姐解字說文：天生有兩個著火的口，當然可以饞騷到天亮。）小多納王胡魯谷出生時就有異象：他在滑不溜手的羊水膜中伸出指尖捏住醫生的鼻孔，膜水黏死了鼻孔的內膜，讓那位終戰第一位愛心入部落的洋醫生廢了鼻子，到今天還在大呼嘴巴；隨後他躍起床用手刀斷了臍帶，順就用臍帶勒死趨前來抱他的爸爸，在他爸爸吐舌尖的同時嬰兒他射出一注精子直貫入敞開血肉模糊的陰道，那精子累積了不知幾世紀的毒在瞬間毒死了他媽媽。（我坐在多納還剩幾間石板屋的簷下，思索著這「原始的出生異象」，貞小姐歪一頭長髮在伊左胸之際提示我「思索之無用」所以她慣常把心思藏在長髮細密之間。）我相信臍帶可以勒死當場父親，精子初生的銳氣可以沖死衰弱的母親，至於那提議把惡嬰泡酒精放實驗瓶以供後人瞻仰的醫院長當夜縮小自己第二天清晨他就擺上福馬林小兒標本最後一號，不過可是老小兒生毛的地方忘了剃。（卡露斯似乎不知道多納部落還存在「族群記憶中的巫師」，他決定第二天出發「田野」老胡魯谷，希望能喚醒他生疏的手藝以及附屬其上的意義，（我感嘆文明在百年間就瓦解了千年的手藝，「文明是比我們巫術更毒的巫術，」卡露斯也感嘆說，「更何況擋不住受不了的是人人都是文明的巫師。」）文明日本人率先侮辱巫師是部落廢人，巫師作法的道具像小孩的家家酒玩意，像花草垃圾，巫師作法的樣子像極精神分裂症患者的夢囈，用「廢人的姿勢」來恐嚇長久被蒙蔽的族人：卡露斯先生聽說在古茶就曾經有位「具權威性」的文明人當著族人面前折斷巫師的柱杖艾草踢散排列地上的占卜，當時巫師挺瞪一雙眼珠那內裏緼藏著千百年來族群的奧秘，可惜文明人的眼睛只看得眼前的他入不去深奧的，最後文明巡查人以一記馬靴踢翻巫師同時「馬各野鹿」了巫師的權威。古茶何時不「實際存有」巫師呢，五十歲上的卡露斯也不清楚，他小時長老基督的教堂已建立在國小教室的旁邊，宣揚天父基督是唯一的神和教育神社天皇是唯一的人格神兩者共濟相容在三〇年代的深山古茶聯手「消失了」部落的巫師。(「巫術是原始、落伍的迷信，巫師是反文明的人。」這是一句類現代的格言。但我等待有一天有人會以「美學或其他原始美學」顛覆這句格言，這個人可能是出自中央民族學的或人類學的叛徒：我幾幾乎可以肯定。(貞小姐：這種出自直覺的肯定可以肯定某種「浪漫的唯美的」之外的種種事物幾乎不能肯定。)但卡露斯先生有傷悲，「——像一個被文明閹割的人，文明這個東西文明到沒有先徵求『人』的同意。」

(武士刀斬人頭或央人助斬都充分體現作為人的派別類型之一種叫「武士」的武士精神，(請不要奇怪人的嘴自古以來吃兩邊：自斬說是自我無上精神的大武士，斬人頭顱就說是給對方「武士的尊嚴」。)歷史也料沒到，十九世紀末武士刀有機會見識到番刀，在船艦大砲射擊步兵的帶領之下，遲至二十世紀初了幾年，武士刀才初次上山見識到「番刀出草頭顱」的盛景。我沒讀過兵器史家考證，不十分知道為什麼武士刀就此認定番刀是不文明的。因此所以番刀出草頭顱便屬不文明的行為，是「生番未開化的動作」。（是不是番刀的彎度比不上武士刀的文明程度？有可能是「武士」與「番者」兩者天生對不上眼。也有可能是「理念的差異」在作祟：「首斬」頭頂著一套完整的精神理念，是文明人絞盡腦汁開發出來的；「出草」頭頂上一片天空，單純是原始的盲動。（對這一對大男人的「無聊動作」貞小姐不願有任何意見存有她心胸。阿邦好恨不早生個三十幾年吧，他七歲就能玩相機，就可能拍到「出草」阿邦版的。（我也很為九〇年代以後「踐踏本土」的觀光健行客慶幸，六十年前如果他敢上部落呵尿拉屎以示他此番「征服本土」，一不小心就被當作「入侵的陌生頭顱」草了去。）卡露斯再度確定：武士文明侮辱了我們祖先傳統的出草尊嚴。「武士斬」同「出草斬」都緣自人類的祭儀，都發展出一套繁複的動作細節及飛翔在動作上的一套理念觀點，「較文明的」把細節簡約化了，這方面顯然武士刀比番刀失落了更可珍貴的傳統，「你看它的精神象徵也簡化成了那『四個字』就什麼都交代了包括對方和自己，天下哪有那麼便宜的事，」（我們知道卡露斯是傷痛到終戰前為了那四個字披上「義勇隊」彩帶的部落青年。）不像番刀出草後還長時間跟著頭顱敬煙，敬檳榔、敬酒、餵食、唱歌給頭顱聽，定時幫它洗澡，不時同頭顱聊天。（我期待卡露斯寫出天地之事有哪些是可以同骷髏頭講的，——我從小到現在的第一志願，夫妻之間誰上誰下之事或我同母狗淑子不可告人的經驗，還有蛇呀甕啊他們說是部落的祕密不准對活的外人說的……。（考據阿邦的前期筆記，卡露斯說了許多有關魯凱文化的細節至今未寫成篇章，那些細節的重要性在於可以貼近浮顯部落生活的日常。雖然明知「無意義一切」，但在這個沒有意義的宇宙谷底中，不妨多「動」它兩三下，說不定谷峰就會掉到谷底，像某民間學者所肯定「玉山掉下一半成了阿里山」，那麼你就會「好在自己沒有太懶惰」。）可見草了頭的英雄要忙上好一陣子，為了與對方同吃飲同在弄到精神恍惚的地步：如此，是否雙方就具足「人性的尊嚴」？我詢之卡露斯先生，先生說他們「好像沒有仔細想過這個『問題』」。（可能要煩貞小姐翻大辭典或上台北請教學院中專攻人生哲學的「尊嚴學派」，（假使學派能肯定，那我可以肯定告訴先生卡露斯：「原始出草文明」有勝「後他武士文明」的單調和理念空泛化。（不僅於此，從「尊嚴」出發，我同卡露斯回溯到三〇年代的本土：）我見到一張照片，拍攝於一九三〇年代初，第二次霧社事件後，被草了的百顆人頭被蹲在前排的部落勇士壓在胯下泥上，其後散站著十來個戴官帽佩長劍綁腿馬靴裝扮的官方人士，中央一位站得最正留有八字嘴鬚的那位一看就知道是個大武士因為他的鬚毛上翹的角度讓你不仔細過目也難忘他是作為「製作」這張「歷史藝術傑作照片」的操控者的嘲意：我沒有感到那被「排位」在最下的人頭有一絲他頭髮的尊嚴。（為了讓他留下正面照頭髮照例是被用力掌在手中往後扯的。）隔了至少半個世紀，我認真思索它們的唯一尊嚴或驕傲便是成就這一張無可替代的「歷史性影像」，在這「歷史性」中留了頭。在近代原住民「反抗」史話中，死得最有尊嚴的誰也不能否認是已入碑的莫那魯道，他親手槍殺了妻子兒孫，勇士一個個跳下懸崖，他留最後一顆子彈結束自己，當然這些都是「傳說」。——另個傳說他槍殺妻女後，把戰鬥任務交給兄弟，自己一人「恍惚又浪漫」的消失在霧林中。（即使有任何的人證目睹這段悲愴史或浪漫史，在他有生之年，「口述歷史」這個半學術性的東西還未全面登陸台灣下到田野，可惜那些「第一手的眼睛」遲至八〇年代中期紛紛闔了眼去。（曾經，在自閉的寂靜中，我細讀「血噴無聲頭顱」的國小殺戮戰場，隨後聽到武士們掄大砲上山砲聲轟隆，後來眼見到不知什麼機掠過碧湖放他們密林山洞毒瓦斯也無顧到林中植物和動物是否適應瓦斯毒：這是「反抗：殺戮：報復」三部曲。我如此認知，只是感動難受「那些被自殺的女人」的淒美，而報復不思以「武士刀對決番刀」偷偷用了毒瓦斯未免太不人道更不合武士道。那是八〇年代，在臨海小鎮淡水我閱讀著三〇年代的高山霧社，八〇年代末有一首歌名叫〈八〇年代的美麗與哀愁〉，其中一句歌詞形容「八〇年代無詩，也無歌」，我心驚這無詩無歌正是我當時的人生，但我不能確定八〇年代真的無歌也無詩嗎？現在，在我落筆的這時，我感覺那首已經被遺忘的歌真的合韻三〇年代霧社的美麗與哀愁，是真的無詩，也無歌。（「天若有情天亦老，」貞小姐只一句。（如今，莫那魯道「反抗的正義」是已被尊上碑文的了，歷史必要表揚如是的反抗，為了——為了「人間的公平尊嚴與正義」。（我希望我在此處正確把握了這句「偉大的套語」的正確性。（但我一直對「反抗的實際」，也就是「做法的得當」感到猶疑，其實這猶疑在當時就動搖著實際，霧社群十二個部落只有六個反抗，其餘中立，莫那魯道還是做了，我想他明知他率領的部群馬上要面臨滅亡的命運，不過他不知餘生的人有幸被集中到某個聚落，不久被草去一百多個人頭成就那張「歷史性的留影」。我將這「偌大的猶疑」深藏於心，我不詢及別人，今天也不拿來請問卡露斯：有一些現實，卡露斯並不願去做，但實際上要他負責去做，他就做了而且把它做「好」。莫那魯道也就做了而且把它做「好」，這就夠了。雖然我心猶疑。）莫那魯道這個人的命運滄桑可以入詩或入電影光碟，因為「先進」的敵人學術性剝了他的皮做成了標本骨架，先放在展覽材料間後移到醫學部，據說大腦寸尺血液骨髓都做了顯微分析這樣一個「傑出的叛番」，（他如果預知自己後來遭遇如此，他一定有辦法讓自己讓敵人找不到：他整整在「亂都」的某個房間站了三十年，從殖民到終戰到經濟起飛，市井街頭從「無色」到「有色」到「異色」，不過，現今有立碑有廣場有題字，當年武士移植進來的大片吉野櫻花每到入春之際都飄給莫那魯道一個人看「亂花細雪紛落之美」，——英雄的身後尊嚴果然如此。）在我少年時代，常見揹著甚至兩個女囝手牽著小男孩的山地婦人，白天沿著商家乞討，夜晚就在車站旁運貨的牛車上過夜，總有男人大刺刺的來談生意大概那時還未進步到今天白亮亮的水銀燈，（府城人是最早開發全台的生意人，他們的生意手段你可在一八九五年末大開城門列隊歡迎武士敵軍入城做生意的大場面上得到領悟「生意經就是如此」或學得府城人先進的「歷史政治經濟學」。）山婦比著三個五角鎳幣的手勢，（那時五角可買一個做得好端秀氣的紅龜仔粿，是我宵夜嗜吃的吃了夢裏才會發作「少年紅龜」，可能那是在我去買紅龜粿的途中，）男人每每就趴在牛車板上辦事了，山婦左右手緊摟著女囝埋在伊肩頭，男人用力捏著府城娘子秀氣奶子大不同的異質番仔奶，聽說那時的山婦是任怎樣使力戮刺也不吭一聲的，（我想那真是「弱勢過頭」被強勢啞巴了聲，更可能是山婦不屑露一聲「淫呻」給文明人聽去，當然也有可能山婦還沒學會該怎麼「呻」才合格文明的。（想見貞小姐最氣我寫這一段，我一再低調回說那只是我曾經經驗的「現象真實」，若被八〇年代起興的新女性主義乃至九〇年代後現代「酷新」女性主義者「相中」，貞小姐肯定會被「胭脂唇尖啄到臭了你大頭」她也救不了我。）好在山奶原始大氣很快讓府城文明男人洩了氣，男人隨意往牛車拋兩三個兩角鎳幣，（當時兩角值一個大號芋仔冰，可買兩支麥芽棒棒糖，）灰暗中山婦看不清「幣值多少」也許她忙著安撫兩個無聲泣哭的女囡也許天性也懶得計較「平地人的卵鳥肚」，倒是山地小孩眼尖，必撲上去咬住文明人的皮毛不放，可嘆文明人尤其府城的皮毛退化到幾近沒有都被輕易甩脫滑溜了去。（我這段文字是寫給莫那魯道的，那窩在母親肩窩的女囡在整個「發洩運動」過程中也沒哼半聲，那山地小孩在午夜扯著文明皮毛追索著五角鎳幣的那種尊嚴，是的，一種「尊嚴」，我不能替您莫那魯道決定什麼，但如果您要我幫忙，我願意把數十年來戴在你頭上那頂「尊嚴的冠冕」沿著光陰之路尋回去一一戴在牛車的小孩頭上。）

文明隨著武士槍砲或傳教士聖經溯溪谷而上，不用考據也知道「神聖使命」令傳教士比武士早到了幾步。卡露斯先生對自命「文明啟蒙者」的人另有感想。傳教士懷抱著聖經所以他只需一口乾糧幾口溪水便可以「經年累月」上溯到深山部落「不完成神給的使命這種『人類』是絕不終止腳步的。」霧台是溯北隘寮溪被傳教士攻占的，古茶則是溯溪兼攀谷終於陷落文明的，想當時族親已有不知幾何年的信仰——對大自然的敬畏以及對祖靈的崇仰，而至今卡露斯先生想不透為什麼在「某年某月的某一天」突然來了一個「作為一生的奉獻者」用意志力就摧毀了我們原有的尊崇信仰。我幫先生卡露斯思索：傳教士在出發前必然飽學各種傳道的大技巧和小道具，他們一再反覆述說到催眠的地步讓人不得不在恍惚中接受有一個「似有若無」但人家再三用肯定的語氣說是比大自然「更其偉大」的神，多神奇祂在六天內創造了自然天地萬物多有威力，第七天還懂得體貼族人讓人禮敬祂平日無所不在的辛勞同時讓族人耕作之餘也難得休息一天；當族人動不動就被「愛的說教」弄得疲累時，「傳教士的小道具」就送禮到家了，有時是大主教大傳教士或大天使的木偶或磁偶，有時是鈴鐺，有時是乾燥花，有時是花色不同遠方艷麗的布，當然厚紙袋奶粉和薄衛生紙團是後來的。（貞小姐評述：對女人本性而言，有什麼比永恆的花呀，歐風鈴鐺呀，漂亮的布或絲巾呀，薄得可以穿透陰毛的小玩意更吸引人，（貞小姐終於撩裙越過「典雅」的小溪溪，不過我們都假裝沒有聽見最後一句「穿透」。）有一位專精「宗教人類學」的博士後研究適時在座，他分析當時十九世紀中葉正是「耶穌產業外銷」的盛期，外銷潮流到台灣小島，即使山上無辜人類也擋不住必得接受它。（我頗心動這「潮流擋不住說」，譬如嚴寒一到烏魚潮來漁民擋都擋不住，害我們年夜飯都有一道烏魚卵吃。（人生有夠煩的是幾乎每一個當代都有潮流它當代擋不住，幾乎每一個大時代都有大潮流我們想都甭想擋它不住我每天醒來都眼巴巴望著黃昏擋不住夜色。（像貞小姐是夜色擋她不住破曉也擋不住她。阿邦說輪大夜班時睏蟲最擋不住的是午夜凌晨四時。）卡露斯先生有多年神學生的經驗，他正襟危坐請教博士後研究：⑴到底哪一點耶穌的吸引力「強」過大自然？⑵為什麼在短短的歷史光陰中大部分族親的「真心」都被耶穌蒙蔽了？⑶他也感謝耶穌教化文明的功勞不小，但為什麼有誰會自認為功勞大到可以「拔人家的根」？⑷為什麼每回他回到部落一眼就必須撞見青山間夾著怪形怪狀怪顏色的聖教堂？博士後研究也盤腿危坐（就是屁股上翹到三十～四十五度那樣危危前傾的姿勢）說他誠懇就「宗教學術」的立場合適對前兩道問題提出管見：⑴以學術的立場耶穌是人，人愛世人；大自然則是「空洞」的東西，人不親。⑵以宗教的立場不能接受「心被另一顆心蒙蔽」這樣的說法；假設用「啟示」或「救贖」這樣的詞恰當蒙蔽多多。我們都不好意思問博士後先生「真正的宗教立場」，也都聽出卡露斯的神學經驗不是白花的，他問的都是熟悉「十萬個為什麼」的貞小姐所能回答的問題：⑴耶穌是人生的私生子，大自然不知是誰生的最可能不是私生，「私生」的吸引力大過「不私生」這在今天還是新聞小道的熱門。⑵大耶穌擁有一套左右逢源的體系，說地球是圓的或扁的都自成道理，傳統大自然和祖靈吃虧在忘記建立體系，所以不能怪

「文明的鬼頭腦」入侵原始族親後他們「選擇相信」可靠的耶穌基督。(3)這牽涉到「根」的定義的問題，有傳統的根、有現代的根。現代的根一來就處心積慮拔傳統的根是霸道了一點，所以現在「拔根」之後他們也懂得做點表面功夫，譬如傳統服飾可以穿了，祭儀一項一項恢復給人看了，但只要你細心，在所有部落重要活動之前，主持開場的是耶穌代言人牧師先生的祈禱，那不就是明白告訴部落大家「歸我耶穌掌控的你們」。(4)有錢人在部落也蓋起大別墅，磁磚顏色裝潢亂來一通誰也管不著，所以聖教堂有錢要蓋成那樣奇形怪狀顏色也不妨害「作為深山內兜的精神象徵」，沒有人會質疑祂的正當性、神聖性和悲天憫人性，發牢騷的只有你卡露斯。（我第一眼眺到門面兩隻大橘桃的聖教堂，心中第一個感覺是「人實在太過份了」因為背後是暮色藍灰濛的山脊稜線的沉靜美麗，第二個感想是「人實在太偉大了」什麼都是人造的第一看不到其他也罷。（阿邦對聖教堂建築沒有意見，也沒多拍，他對跟牧師的人際關係種種「有利於未來拍攝作業的」比較感興趣。）原住民並不笨，在接受那一套神聖體系的同時也取得了洋槍，洋槍改變了狩獵及爭戰的心態和實際，甚至讓魯凱男人到了愛不釋手的地步，（最近我在大都會博物館，看到一幅世界名畫：裸體的西洋和平女神，左手捏著和平的橄欖枝可能還滴著當時代的露水，右手賜給憨百姓利劍。）所以卡露斯從「有根到現在也不能說沒有根」

聖教堂假上帝之名污辱了他們的祖靈，要羔羊自己毀掉家中的傳統文物，除了禮拜其他祭儀都是瀆神，甚至百步蛇也進不了魯凱的門。先生再也不願提，後來另一批政治鬥士把「新生活」運動由平地搞上部落，在這個運動中最表演突出、最令人喝采、最讓人痛恨的是一位牧師把他頭目之家的寶藏搬到光天化日之下公然向族人宣稱是一堆落伍時代的廢物公然點火燒成灰！（而在平地，我們小學生都會背新生活的十大守則，都懂得回家告訴媽媽廚房要洗乾淨、水溝要噴ＤＤＴ、出門買菜或訪客記得灑明星花露水，放學回家第一件事提三桶水澆門前土泥免得舊生活的灰塵被風傳染入我新生活的眼睛。（阿邦說他在草地鄉村的童年對這個運動好像沒有記憶，只記得一下子由「舊生活」跳到「新生活」，每天在三分旱田忙得要死要活的阿爸回家門第一句照樣「幹！」。）在某回婚宴中，偶遇霧台頭目家傳人，當時他已癌症在身自知來日無多，不知談到什麼他平淡地提到：許多傳統文物在運動後不見了，即使留著的也被貶低了它的價值，無論實質上或象徵上的；他很慚愧，作為頭目貴族階級他家原本是優秀的木雕世家，在幾度「對傳統的清洗」後，到他這一代不但祖先刻的木雕不知命運如何、流落何處，在他自己身上也失喪了雕刻的傳統技藝。（有朝一日，卡露斯會寫他的家史之不傳以紀念魯凱文明的興亡史，誰說魯凱沒有文明過？只要你肯定研究加上想像，在古茶布安這南隘寮溪上游的部落便曾經存在有七、八百年的文明，有紡織有刺繡有木雕有石雕有製鐵器有耕種有狩獵有豐年的祭儀歡慶有百合花制度更有「喝酒的文化」，他們並沒有等待「現代文明」來宣布「傳統文明」的落伍滅亡。（我對挾科技以文明的也甚感不爽，何況那帶支利劍的裸女，「利劍是不是愛鮮所以『必殺』舊的愛的露水的，」我問貞小姐。）

卡露斯先生說「文明的侮辱與損害」他也不好意思替文明多說，說多了令文明更惱羞成怒起來，那他連最後的廢墟古茶也待不住，必得打包回聖地巴魯冠去「被文明放逐」。（貞小姐說她平日常看頻道Discovery，才了解肉弱強食的自然道理，一頭過氣的公猴比如一頭跛腳的公獅被逐出所屬的生活圈外，那種無情讓貞小姐感到可以安慰卡露斯「人畢竟是多情的動物」。（我們都不了解為什麼貞小姐舉例公猴和公獅，不過我也見過過氣的大公貓失去了昔日的地盤不僅走路的姿勢走了樣毛髮也一路掉禿。阿邦說他鏡頭史上最幸福的是廟會趴著開心排排賽的大豬公的一生。）文明的紅屁股「商業」讓許多原本自然的事物變了質，（我思索著：文明是否自然的私生子，遺傳了自然「肉弱強食」的這一面。）卡露斯先生從不到文化村看歌舞表演的，（我也沒去一次過，我害怕看到那種「表演的神情」，（阿邦去過無數次，他鏡頭記錄每一張舞者的臉譜，但必要先問明是魯凱或排灣的。）歌舞是傳統生活中真實的一部分，為莊嚴的祈禱儀式而歌舞，為思念祖靈飲酒微醺而歌舞，歌舞是自然與人的交融溝通，「而不是一場又一場舞給不相干的人看的表演，」卡露斯說來就有氣，「跳舞的人明白知道自己是在『表演』，這是荒唐的——有些事物不能用來表演的，它活生生的在生活中，做，但不能用來表演。」（八〇年代中期後，我讓自己的眼睛割捨了舞台這個東西，當時痛心感到人生苦樂的真實不是舞台可以「再現」的，那種「再現」是對生命的一種「侮辱」而非「洗滌」！（貞小姐：凡話不要說得太滿，免得有一大發現我在某獨舞家的舞台下會令她「滿場空位覺得沒有位置可座。」（「表演是文明的公關！」我想到這樣的句子。））雖然政治武士視原住民是「次劣等人」，卡露斯先生至今仍然感念那個自殺在古茶的巡查部長南福：可能他是以人與人間的真心誠意來相待魯凱的第一位外來統治者，魯凱人在水源旁土丘上替他立了一個簡樸的石碑。雖然，戰後的新政權用水泥在「南福」上塗上了「毋忘在莒」來騙自己「歷史可以用水泥來遮掩並遺忘」，卡露斯先生來回水源地時上土丘站在碑前沉思。到今天仍不明確南福自殺的原因，有說是家庭因素，有說是某種對策的想法與上級命令不合：他自殺在遠離故鄉的深山部落中想來是一件具有「悲傷之美」的事，每回卡露斯先生提及都帶著傷感的語調。也是這位南福巡查部長中斷了古茶傳統室內葬，當然他事先做了許多安撫的功夫，除了宣導「文明衛生」觀念外，還給死者舉辦了盛大的葬儀，讓生者得到「平時難以感受到的尊重」，就這樣少年卡露斯親見一位也姓卡露斯的族人葬出家屋之外，親人的悲痛與自責到慟哭不止的地步他南福當然是看得清楚的。當時山豬那麼多，熊家族也還有幾家來去，屍體葬在野外即使蓋著石板禁得起豬牙或熊爪嗎？南福是負擔把「文明」灌輸給「自然」的實際人物，我不願說是祖靈讓南福扣了自殺的扳機，也許在這個向文明改造的過程中他起了某種懷疑，躲在學院的文明先進者可以在象牙塔中一再向文明邁步，基層的文明教化者必須面對原始的反擊、甚或原始的美或魅力——我這樣來了解南福的自殺，同屬一道「文明的傷口」。（卡露斯也替南福巡查慶幸他不必留到後來鼓吹義勇軍去「終結南洋戰場」，方式是裸腰綁著炸藥以原住民的快腳衝向對方防禦陣地。（貞小姐不能理解人世間有這樣的事，我也不能理解，我只大略了解「那是我們男人的事」。貞小姐問卡露斯：為什麼後來有那麼多面向太陽「自殺以謝什麼」的武士沒有勇氣把炸藥綁上自己的腰際？卡露斯答：我們「次等的」只值得做「刺探」一類的事，「最後的殲滅的光榮」是屬於他們大國民的。）

為什麼「文明」必要溯溪谷而上到「屬於我們的古茶布安」？我鄭重問先生一事，先生也鄭重回答：即使在今天，一對青年男女有心留在部落，耕作狩獵紡織刺繡養兒育女，他們的經濟生活不但過得去，而且生活的品質有優秀的「傳統文明」來保證，那麼，部落將瓦解流離的預測顯然是專家的迷思了。在趨近世紀末的今天，只要願意，原住民仍可以在部落活過他們的傳統，（「那麼，他們必然是部落中的『原人』，」貞小姐語氣也鄭重地，請別瞇著眼睛，睜開眼睛看——文明已經「物化」了部落。）卡露斯語氣沉重的說：自歸鄉以來，他一直在部落中尋找「回歸未來」的新青年，可惜他們聽他說話同時眼珠盯著綜藝螢幕上的俊男美女，他們寧喜守著空降到部落的電動玩具跟文明玩「永遠對殺不死的新遊戲。」貞小姐幽幽的說：有個被「先天」放逐在雅美的女孩，整天遊走在雅美的自然中，幾次被島上的文明老兵或新兵弄大了肚子，幾次在遊走中流產，自己也不知道是怎麼一回事，流出來的胎衣有時還黏在她的裙底大腿；看到外來的女孩會拿指尖捏人，彷彿對方那肌膚是用玉做的蛋殼肉；看到男人就上去拍男人家的屁股，好像都是熟悉到可以掌控的屁股，這時如果有「不識拍」的男人拿髒話丟她，馬上她彎腰撿石頭回丟過去。（貞小姐說在雅美兩年之後，將近十年午夜夢迴她最懷念的是這對浪子遊女「好男好女」。（我雖然借了詞但沒有用錯詞，如今在我對人生的「定義」中，這是一對真正的「好男好女」生長在開滿蘭花的小島上，並非因為他倆是屬「被侮辱與被損害的」，——在他們舉手投足間迷漫著一種「真實自然」的幽光，文明似乎上了他們的身但恐怕文明無能真正上了他們的身。（是「幽光」而不會是「光芒」，光芒是一種「偉大的具身」才能有的東西，也因為文明人都愛仰頭看「爆裂熾熱的光芒」，幽光是「不夠看的」。（所以，當蜂炮傾巢而出的瞬間你才感覺到「一年一度」的意義，當「愛你入骨恨不得你死」的當下才體驗到「一生一次」的意思，當殺手行星撞擊地球的剎那人類才了解「人生最後」這四個字。）仲春，在大都市文化中心冷暖空調的演講會上，先生卡露斯結語說：「魯凱」已是走向黃昏的族群，由高山遷向平地的潮流不必諱言是擋不住的，有時他真恨每天夜晚守著電視綜藝娛樂節目的族人，而自己年將半百才覺悟回歸，真正回歸深山原鄉部落，很可能這回歸終他一生只是一種「個人性」的動作，顯然肉艷色的文明遏止了回歸霧灰色的原始的潮流，——不過這一切都要過去。只是他覺得讓一個曾經「存在過」「美麗過」的族群就這樣「在宇宙中消失」，是很可惜的。

山永遠是山嗎：原住民永遠是原住民

我從不知道「人作為一種物種」它的偉大性何在。我也無言以對卡露斯為什麼「文明那樣的東西」一定要溯隘寮溪谷而上。人是不時腳癢的動物，舞鶴注：文明可能是腳癢勾起手癢的不得不。阿邦說：每回看北大武山每回問為什麼雲無時無刻要為山變換不同的搔姿？「風之騷——姿，雲？」貞小姐瞪大慧珠，想見她的電腦尚未植入「雲的騷姿」這般四字套語。我追憶阿邦為什麼我當年每到月圓的午夜凝望大屯山的頭就由衷感到它會有「再爆」的一天。——「神祕」也不知道什麼時候貞小姐巧手這三隻為什麼輸入寶貝她電腦。（某年冬天淡水連來幾個寒流，我被海風冰鎮成耳凍的內外，整天吆吼著這麼一句話：「神祕——神在便祕。」大約很氣這些寒流來自西伯利亞的眾神老在便祕之中，那種呼之欲出又不得出的苦了無辜淡水小鎮的冬，遲至隔年七八月過春澇餿臭氧化了神祕開來，（有一種微笑我後來才發覺，那年十一月底了還生颱自太平洋直撲島北西，海上陸上警報號爛家家螢光幕，午後颱前闃靜異常多少老男趴在多少老姐肚皮上眼觀鼻鼻觀心，同時下肢使勁著「念力」，果然，風颱臨頭剎那黃昏屁股一歪，穿過富貴奶塔與膨肚痲臍的間隙掠過黑水溝直衝華中以北大漠的沙也煞不住風腳就有幸搞到它利亞西伯才曉得咱「台風」的厲害滋味，當晚飯後出來散颱風步的老人嘴角都漫一種發自丹田虛烏又妙奧的微笑。）第一隻，貞小姐肯定是屬「不值得為什麼的問題」也就是發生在為什麼之前的不是問題，貞小姐擬編一本「外外電腦手冊」，其中一條：「超高等動物譬如人的出生之前的面目本來如何是屬為什麼之前的不是問題。」阿邦嘴皮打振著直有秒多之久他有把握回答這個不是問題，就多可惜有位分類屬「後現代新過渡到新新」的人類學家準碩士搶先說：人本來沒有面目可以見人，人之初屁如每種學說之初都像一團肉醬糊咬下去餡餅肉那樣用噴的，職是，（請注意這個「職是」，卡露斯一度茫然它的用法又很欣羨它「頗具類官方的分量」，我老實說自我文字以來也不真正不知道這職是的意涵，好像是學術界或「論者」的順手溜，我撿起來「插入」文字與文字之間也蠻像回事，不過，我臨時露一手給卡露斯看：職是陳腐不過，要就「職是之的故」。）

職是之的故，出生來之前的面目「就體質人類學原人類型論述之」差不多就是出生後的那個。（「溯」這個動作象形看來實在有夠像遠古人的爬蟲類祖先的本能蠕蠕蠕動，考古文字學家早就論斷人發明這個字讓牠爬蟲類「有所遵循」所以學得很像，即使進化到哺乳類大蟲男人女人在其小菌小蟲時期天性都要來回溯入溯出潮意淫淫的幽谷才終於見得人世的霓虹燈。）自從當代街頭霓虹燈大展宣布電腦網路業已「上了」後當代，我難免替貞小姐的寶貝電腦胡思亂想：（為什麼「違反自然男女」嚴重到「要地球絕子絕孫」的男同志女同志或永恆不嫁的肉觀音老姑娘疼她大公貓疼到「情色：色情的境地」捨不得牠還是閹了牠等同男女同志在「捨不得：捨得」的人生關口中悱惻輾轉最後還是在捨得：捨不得中閹了自己不管是下體的龐然小物或上圍無大用的奶子，（牠每天定食吃的貓罐大餐羨斃了多少流浪的狗，（當代時興一句：能捨才能得，重點不知在「捨」或在「得」或捨得同步歡喜皆大，故捨得，捨得，（傳說某國古代寺呆寒山若捨得，另個寺呆拾得必罵：捨得個屁！）先生卡露斯一族沒有閹動物的「不良傳統」，天生萬物生人也生狗，吃牠可以但閹牠就「太那個」了啦，魯凱有巫師但似乎從未出現過類平地的「閹大師」，至於族史上有無發生「類文化閹割事件」卡露斯先生不敢確定回答這個類學術問題，不過，「打鐵的人沒有雕刻的權利」千真萬確但是否屬之「類文化閹割」卡露斯說他一時也沒有想過，只肯定雕刻大師力大古是打破這句「權威閹割」的第一位打鐵人，至於「自閹」那種事是「自然想都想不到閹了自己」，人是自然的造物為什麼人會想到自然想不到的「玩意」他卡露斯更是沒有想到！（在我寫作本文的「漫長光陰」中，新新人類已不時鮮，X世代Y世代業已出現人類，「人是自然的造物」這個古老句子XY世代沒有聽說過，他們是進口髮雕壓擠出來的，不然就是那邊飆口琴邊甩長髮的西洋女歌手甩而出來人世的。（我差點忘了向自願閹割的及時致敬，特別是手術平板成男胸的可愛女同志，文明進步到拍案不驚奇的地步，愛的魔力加上意識形態的催奮劑真正可以叫人下油鍋炸成大薯條或加工濃縮成栗子奶小米粒的奶頭：野史記載醃割當時那股閹氣化作特異功能的不知幾希，見證幾部令古今汗流浹背肌溝下到屁股溝禁不住官方查禁它的「開天闢地聳動當時現已過時的中文雜書」多屬醃割者的超人成就。（牠每天掉的純情閹毛滾球漣漣漣出落地玻璃窗，山腰社區的青春少男女另有久婚不孕的齊齊仰望大姑娘不世出的貓精子禁到黃昏止不住風中播種黃昏後：這氛圍尤其氣味人腦不能十分嗅到分明，人生的電腦也苦分析不出為什麼社區移植遠方的吉野櫻花年年春騷時分見不到花瓣細雪紛飛的美麗只有大姑娘知道，每年春氣剛上處女的鼻，午夜人睡了只剩姑娘不定時睡的眼睛清楚見到大公貓躍下「輕輕」十七樓陽台「黏巴貼」在櫻枝上用牠備而不用永遠純潔的生殖莖倒鉤刺尖一一閹了剛苞的櫻。（電腦美女二十四小時還堅持著她美女，人的本能就再怎樣的美女俊男也耐不過五個小時便潰了下來：這是以絲襪的淒美肉魘吊了自己一生的名女作家啟示我們的「最後忍受時限」，我思索不清為什麼她必要忍受到五個小時，是不是「五個小時可以逼出最後的可能什麼」，我個人的忍受時限是一個小時又七分，最後七分鐘是保留給「有話要說又怕羞破了對方的臉皮或有動作欲發又怕一發不可收拾的」或者讓嘛人家有穿絲襪、扣鞋扣、皮包扣的「綿纏」時間，——印證卡露斯也說像北大武那樣自然絕色美女面對幾個月日他也會厭。（相較我們這些耐性有限的人，宇宙不知何時存在有另一種類型的人類，自稱而後人稱「人類學家」的，這種人類對人的耐性可謂已達到「非人」的地步。）跟在傳教士和政治武士的屁股後，作為「第一代」人類學家的偉大性可能在於他替文明「學術性地」發現了所謂蠻荒之地原已存在有「同類種：人」不知幾何年之久，（猶如人類發現了「地球」的喜悅雀躍，猶如某一天你發現隔鄰住著一個自閉十年之久的陌生人類有一雙焦距對不準世界的「異質」眼睛，猶如在洗澡或換內褲的瞬間不小心低頭你發現原來人類的生殖器物不是像一隻小恐龍就像一朵山葵花的變種：那種鮮奇驚異是感同身受他們人類學家的。）莫怪第一大發現家鳥居博士當場油然起了「命名的衝動」，（只有人類才有命名萬物萬事的衝動，大咪最多命名小咪，幸虧自有經書以來對於這種衝動也有限制級的規定：只有極少數屁股暴發到必得坐虎皮及胳臂天生類人猿必得披龍袍遮醜的才身具「命名的權威」，所以你在某國觀光走動不時聽到「虎兒」或「龍兒」那是其國盛行的阿Q膨風大肚，大多你聽到的都是「犬兒」或「狗兒」的一音之轉會搖尾巴的。）卡露斯魯凱也命名諸事體大如芋頭，賜了他姓給他名同時他的裸背就揹起了這個名姓的榮與辱，「榮」我曉得的比如造句「歷史的光榮」，「辱」我猜會不會是一種奇癢，芋頭剛上手肘時那芋皮的癢蟲沿著手肘汗毛分秒就上肩窩，隨後就要以「嚼檳榔的精神」從乳齒嚼到沒齒奮鬥一生轉辱為榮或榮上虛榮：大批部落子弟下到都市做苦力，有人眼不見為淨出遠洋做海直到老毳不願再見原鄉的山；少數讀書人在都市國際學得一套「邊緣革命論」回去部落改造進而顛覆「所有命名的」。復古儀式在九〇年代部落復活，除了牧師處心積慮把這復活以現代基督化外，最叫人神往或迷惘的是眼看著舊時代的頭目紛紛穿戴上羽毛頭飾百步蛇圖騰，儀式中手足顧盼之間仍不失傳統的尊嚴乃至貴族的氣派。有幾位進步聯盟的青年酒中誓言他們若能「世界紅衛兵」當場就摘下那大冠鷲的毛，把那「發出腐味的原始」大腳踢回傳統廢墟。耳風在廢墟轉了一圈繞回來，同屬進步聯盟的老青年卡露斯沉下了臉：那張臉只有在廢墟，古茶布安，會發光。折中我建議進步的老中青不妨先腦力激盪出一套「復古顛覆美學」，不僅供給自己漂亮的理論，也可以瞞權勢的耳目乃至撐學者貴賓的大嘴巴。（我居淡水十三年只買過一芋，是農曆春節初一的午後，到現在我還不明白為什麼整個碼頭市場空蕩蕩就只有她一人擺攤，那賣芋頭的婦人有一份「忠於賣芋」的靜美端莊，伊慢手套上手套慢手逐皮削了我芋時，我深沉感受到在怎樣困窘寂寥的歲月境遇中何處不是人世的端莊靜美。（這感受，貞小姐說頗有「胡派」的韻味離「張派」有陰陽一線之隔比諸「紅派」那就門都沒有，文字或紅張或虎卯我都茫然都沒有關係重要的是感受，當時那感受真正意味的是什麼，「以我現在文字的功力」也寫不清楚，不因事隔多年，當時輕輕扣擊我心的當下就不十分了然，是一種緩緩慢慢跌入俗世深淵的感覺，通過時光隧道一直清澈到多年後身在魯凱的現在。）「為什麼——芋頭？」我問。卡露斯反問：「嚼過大芋的根嗎？」芋尖的鮮嫩有他初命名時祖靈都蹲在四周圍鍋的歡喜滋味，後來嚼到芋頭根部粗纖維時有他命名之後在「屈辱拔河榮耀」間翻滾了半輩子背痛腰酸不是人生滋味，——找稍稍領會到布農拓瑪君半生「人道主義」可能為了「用力拔河」贖贏他天生稍稍帶屈辱的姓。（我不了解自己為什麼必要背一個大有為的名字，當然也不了解為什麼人人期望揹著一個大有為的政府，只因為內祖多讀了幾本儒家經書就守著儒書替子孫命名，從小到大感覺離「我名」有「個人與儒家的遠」，人喚我名的時名雖應他但我覺到他喚的是「那名」是那個在回他，並沒有我在瞅睬它，如今我不知它的「經史出處」，更不想追究它的「儒家大意」是什麼。）考據說，「雅美」這個族群還待到上個世紀末才有幸被「台灣人類學之父」鳥居命名才被世人知曉原來他們生生世世叫：雅美。（紅頭嶼不知自己為什麼被改名蘭嶼？紅頭有紅土雕頭勇士的威嚴又有鎮島大蟾蜍的氣勢，就「原始美學」的審美觀看來有勝於隨地開的蝴蝶蘭。「蘭嶼是都市沙文主義者的美學命名」，貞小姐親眼見有一種「都市蘭人」自家庭院或高樓陽台養著多少金錢蘭還不夠，蘭人那幾年時興組團分批巡視「國境內的一角紅頭」，說不定就是這些蘭人以「命名占有」了蘭嶼，幸虧野地蘭不比佛祖手貴妃酒養就的錢仔蘭不然蘭花草早被蘭雅人拔光島就不得不再叫「紅頭」。（「紅頭，紅頭。阿邦叼念著他今生大概沒有空檔去拍紅頭嶼，我說凡事不急屎尿要緊，大貝也不知為什麼改名澄清，湖從來沒有被徵詢過自己喜歡自己叫大貝或小貝，為什麼「澄清」到底要「澄清什麼」只有命名的時代偉人知道。小學旅行，前一晚見過六〇年代初大新百貨的霓虹，隔日早起便要去大貝觀光，澄清之後一段時間遊覽車在地圖上找不到大貝的名字可以想見當時代的輪胎是多麼「失落」。好在每個當代都有初戀女把大貝用來命名她心目肝中的寶貝，大貝，大貝，唉唷喂我的大貝，直到大貝上了世紀末新X或Y人類的語彙造句：「豬癡疏忽的誰敢看我帥呆了的大貝貝一發飆馬子上入妳小貝貝的抖到唇都蕩掉——」（貞小姐考注「中古人類舞鶴」一度患的「失語症」進步到「語彙痴呆症」，現今才會回魂過度把什麼「爛掉的唇又蕩掉」組構成新新文句。）「妳見過搾甘蔗汁的齒輪軋子嗎？」我比手畫腳軋子這東西：文字好比那齒輪大號幾倍的軋子又搾又吸又搾不管鮮的爛的鮮帶爛的語彙或鳥不拉屎的閒話再加上忠狗一族隨地隨時撒的尿清水談都嫌不夠用來餵這尾大不掉的千年文字鯝鰡，或某留台漢語學家形容的「恐龍大文字」。（卡露斯也嘆：只有問恐龍才知道為什麼譯音「古茶布安」可以文字化為「好茶」。好茶人不種茶，茶之為物是「外來的小葉子兩片不止」，既不能當酒又不比檳榔提神。好茶不如好檳。（我在淡水十年間只一度讓管區查到此人，十年多查漏了此人令他憤慨到不相信自己每天吃「查飯」的地步，口舌結他巴到逼問我是做什麼來的、平日維什麼生的、是或沒有什麼不良紀錄或陰謀企圖，我勉強多少大腦細胞才小出幾個音「閒來無事寫幾個字」，管區子湊耳朵近來說他好像聽不見有什麼鳥的陰謀的事，也許因為日長月久沒與人對話我見自己憋大條般的悶腔說「閒——來——寫——字」，「是作家哦嘍，」管區露出不小心瞥到河堤海風掀翻少女裙底的乾笑，「作家是作什麼東西賣的夠吃飽嗎？」「——作文字，賣給新舊古董商，」當時中正大街潮流風行開古董商店，「夠恐龍小的吃。」管子狐疑的看看我的大頭，又瞅一下我褲襠，「夠小恐龍吃，」我補充。（最近，見廣告電影欄幾個大字：「吸吸吸我吸我吸我」，文字之於語言的關係就如此這般，帶著無限「吸」的激情。）無數個山內圍鍋的長夜漫談中，在座的人類學家、人類學乃至人類都同意「發現」的偉大性質不止於發現本身還在於帶來的溝通和了解，（了解就了解了，「溝通」就顯示不是那麼容易溝通，我請問電腦貞：為什麼必要用「溝」？「溝通」的意涵實際上有通溝這個動作嗎？卡露斯回憶：溝通在八〇年代中期初到部落時處處溝不通，直到九〇年代有新人類到達部落宣布「溝通」這兩個字已經過時了，溝通才一下子順起來，只見部落中你也溝通我也溝通你所到之處不得不溝通。貞小姐不用電腦當下不假辭色：人身上有無數溝溝，人際關係就是彼此溝與溝之間的關係，溝通若是不良再怎樣也進不去彼此就談不到了解，溝一通了就沒有什麼進不去的就「水到了解」了。接著，貞小姐批判卡露斯的回憶帶有「舞鶴文字」的臭味。「可能是韻味，」我說。卡露斯微笑。貞小姐再接再厲：寫作的人習氣尤深，像舞鶴這個人就到偏執的層次，「溝通」蠻平常實用的在他就遍溝不通，這種人喜歡在文字的迷宮裏賴死賴活，不信改個辭彙叫「浪漫溝通」或溝通到「顛覆浪漫」，就合他舞鶴的文字口感。（我多感謝貞小姐對舞鶴那個人的「溝通治療」，我建議她去考特殊教育治療師的執照，特別對付先天或後天溝不通自閉症的。（貞小姐之所以提到顛覆那個浪漫，實在，我最近散步常經過一家叫席夢・波娃專屬女性店的，掛出來橫披布條上寫著：顛覆浪漫一客九十九元。）九〇年代中葉的現在，難得「天生反骨」的原住民後生小子在內山的圍鍋中顛覆了「溝通與了解」：學院的田野工作是「不值得一屎的」，不管它發現、記錄、分類了什麼，因為它的出發點一開始就站在極大偏差的觀點上，作為學院，它竟無知於任何人種業已「存在」的地方並不需要任何發現或記錄或分類，（貞小姐說：最多可以「良心的偷窺」，像面臨「瀕臨絕種」的心態，（我不反對偷窺：偷窺而不介入仍不失為一丁點學術的良心，偷窺者再踏前一步就斯文掃地學術，）更不知「探險」究竟探什麼險，千古以來原住人類吃飯、種植、打獵、睡覺，這樣凡人的生活到底有何險可探？無奈文明人類養了個學術的寶劍，標舉「探險的精神」，所到之處無處不成其險好讓學術去成就，恐懼自己所以恐懼別人利刃之為用其實彰顯了自身的危險性——我不明瞭這樣「偏激」的類人類學理論是後生小子在都市邊緣討生活多年的切身體驗加上省思的結果，或是原住民知青帶領他們讀了「世界原住民通訊」拾得的心得二三；卡露斯先生承認他很久沒有想到如此深遠的問題關於「最初被發現時刻」的諸般痛苦與屈辱，他願意和這些偶爾返鄉的後生，在圍鍋酒中作腦力激盪一一清算出既成的不合「原始自然」的觀念。（貞小姐小聲說：多少年來，卡露斯的內在魂牽夢縈在古茶布安的處女水源和山脊雲霧間。卡露斯輕聲向貞小姐：現在不是內在的時刻。）卡露斯先生同意後生小子所提只有「原始派田野調查」是值得屎尿久遠的田野工作模式，重點是田野工作者主要是生死於斯的原住人，否則溝通的實際可能是「不得不被溝通」，而文明的香水臭脾氣往往把應該了解的不搞成誤解就顯示不出它的「學術獨創」。卡露斯哈著米酒或近來流行的酒中稻香，「我為你們擔太多太多的心，」他一再替進步的後生小子斟酒、勸酒，「我爸爸以前常說——流向文明的溪水是公的，他說你一走進去就硬是回不來——」米酒稻香的酸味噴噗到好茶夜氣，風吹來檳榔花香帶著隨芋尖拔高的泥土味，「文明以她愛的方式給我們太多幾乎我們承受不起她的柔水，」卡露斯攤大字在月桃蓆鋪的夜裏，「文明像全身緊繃著黑貓裙的星星，直直向你墜下來，她用黑貓綠的眼睛凝著你，掀起黑貓絲的三角褲對著你……」（我凝望著大字先生，用漠到什麼都翹不起來的聲腔告訴阿邦：文明的柔水其實是溲水，不喝也罷。（「愛恨不知起始也無力終結，」貞小姐替先生卡露斯完稿。）作為發現者第一號的鳥居四年間斷續「踏看」後正式宣布告別這個島，是「自豪」這個語彙讓他說：「我在這裏的工作已經結束了。」（我料想是翻譯有誤，他用的是「完成」而非結束：完成比較接近「語彙自豪」。像似近來上市書店的書脊標頭「經典島上系列」就正確使用了語彙自豪。（對於深山部落的原人標本來說，「被完成」可能比「被結束」窩心得多，——被多麼尊重成「標本物」被鑽研一番後不久又多麼有禮的被「放捨」，這整個事件的本質是什麼？這個人來又去的意義何在？是不是像布農遠古傳說的外星人傳教士或治療師，這種種迷思想必傷透被「踏看」過的上個世紀末的原人的腦筋，只有小米酒和酒後縱到狂歌才得以校正那根傷筋。）鳥居博士想必沒有看到隨著「發現者」的屁股騷後，強勢文明的政經文化開始了那一套慘烈的「佔盤：護盤」，也許他學術鳥居不允許自己留有多餘的時間見到「學術」不必見到的，他人生規畫所有時光用來「田野再田野」累積「發現再發現」以免浪費了人類學的一生。（這種「發現再發現」的精神可以「攻頂再攻頂」。近年來本島人山難海外頗讓阿邦感懷青春年少高山嚮導時期的阿邦，「山長在那裏，就在那裏，」我慰阿邦，「不是用來攻的。」卡露斯點頭稱是，山是魯凱的朋友，他們的語彙中從未有類「攻山」的字眼。貞小姐皺起鼻樑三線紋正告阿邦她甚不喜「攻頂」那樣的山界術語。「攻什麼呢——攻？」我用低調反諷的語腔哼，那腔的陰冷令卡露斯的話縮了一半，「山界朋友說好像是有一種精神象徵生死交關的『口卡』存在著，」卡露斯的山中事業也跨登山界，「不過，攻頂人家可能比發現人家還過份，」貞小姐還有氣，「有發現就逃不過攻頂

——什麼的什麼人類嘛——到處攻人家的頂！」）可能，人類學家鳥居站得遠遠用月朦朧鳥也朦朧的眼神「觀察」人類「合攻他家的頂」或「互攻他家的頂」諸如此類的事，攻事用的可能是他用田野調查「摸來的」資訊，但人人可以為鳥居設想彼時他靜觀之餘大可覺得「那關係自己屁股什麼事」，天經地義那是在人類學的田野之外：人類學是發現的科學不是控制或泛控的應用科學就莫怪它鳥居轉過頭去眺望遠方「未知的田野」——有位魯凱青年看著十九世紀末的祖先魯凱印在「一冊厚書」上，他的感言是：「好像外來的生番。」我口沫搬弄鳥居博士的玻璃照片是第一手影像台島原住民證明千真萬確是他們的祖先，「還是不像，」青年魯凱淡漠的說，「眉結過份壓了眼眶，那像『被瞄中』的飛鼠眼神也沒有必要——我們祖先和那鳥博士見過面嗎？」他聽說文明進步到有一種「時光合成」照相術。（實在，鳥博士行程匆匆，他從未涉足南北隘寮溪，當年未有「踏看」過魯凱人。他誤以排灣包裝了魯凱。）青年魯凱寧喜現代阿邦，他們接受阿邦已是半個魯凱人而且正朝著三分之二邁進，在新建的霧台魯凱文物史館前，這位大鬍子知識青年魯凱以「傳統小米酒的醇腔」說：百年後，我們會凝視阿邦替魯凱自己「定」的原貌，我們會看而沒有見到那位早百年空降的博士鳥。

十九世紀末的溪谷水灘反映著原住民的影像，等待人類學家鳥居剛好田野到那裏照了下它。六〇年代末期，我漫遊到花蓮，常見一位壯年白肉種人也揹著相機在街市尋尋覓覓拍拍照照，那時越戰已打到崩潰的邊緣，我不熟識的花蓮在地人都心照不宣這越戰人是在台北幾條通炮打不過癮摸到後山找番肉放番炮，那特大號美製規格的鏡頭只是幌子特大來特大去，我們都內在很氣但我們外在也都不能怎麼樣，可憐打戰辛苦兼又鳥不得伸幸虧我們偉人主持的大有為政府政策開放了本島臨時性作為人家戰鳥的發洩島。（卡露斯對一個自己的島公家開放供異族的鳥作性發洩的指定島，這種公共政策他們魯凱國在口述歷史中從未如此公共公開過。貞小姐也頗有氣為什麼「國家利用女性肉體來輸誠」導致今天「肉體零租零賣」泛濫成了「國家地下現象」，到底古今的新潮姐妹們犧牲為了國家還是為了什麼？阿邦若愚其實大智：為了飛起來的經濟呀！——女人的肉體作為「頂好商品」或「公關利器」，每一個重商時代不分古今的政經人類都通曉這個「理念的運作」。（這末一句是我添上去的，我再加一句：不然哪有妳隨身攜帶的小寶貝電腦不知第N代了今天。（其實，正當這時我一直思索著：為什麼把「之父鳥居」纏夾到快過時的「越戰打炮人」？（可能，作家的筆在寫作時，不知不覺中顛覆了作家：沒有根據說這是作家不可告人的最大一個祕密。（「顛覆作家自己」是啥意思我不用思索也不想明白。）先生卡露斯也說個故事要我們姑妄聽之：有個青年魯凱把黑手綁鐵筋賺的錢全發洩到漢族女人的肉體上，驚人的是他在小學的作文簿就用小學生漢文立下如此「未來的志願」。（莫怪他，我覺得這是一種「被——」「被——」後的某種「性的反撲」，經由幾代遺傳植根到小學生的性靈，當然不必諱言「異族的肉味」是別有一番滋味的。貞小姐受不了，罵：把這等「嚴肅的課題」歪扭到變態心理學！阿邦有意見：是文明變態了人家原始純樸的又一明證。（「肉的滋味用心體會可能分不出文明或原始。」我吞回去這句話，皇天不負有天讓我打聽到尋到這位「嗜漢肉」的魯凱青年鐵定要「作田野」透徹個分明。）有一日越戰人在黃昏海灘徘徊夕陽，我招潮蟹一般被招到海沙看哪隻蟹先出來讓我「摩擦生熱」的掌心煎了當晚餐，越戰人磨蹬過來用故意破的英語溝通我原以為要我拉他戰人皮條，皮條客我無心間煎了七、八隻，邀他坐下沙上不急正事先補一下蟹的「橫行性姿勢」，在他十指亂動顯然「蟹性」都補到十指的同時反覆他通溝自己幾遍才曉得這白毛人獨鍾情花蓮原因種在終戰前兩年他在轟炸機上不知下了多少蛋這地方，直到今日他眠夢在故鄉或戰地都浮上眼簾花東你們縱谷的美麗不是「美麗」可以形容的海岸浪沫連綿帶霧的那種「騷白」差堪就是天堂顏色的「潔淨」了，（他用英語溝漢文所以蛋白的腥騷也成其天堂的潔淨色澤，患「大頭大肚症」的大漢當然包容它，味道和顏色可以同步互換在這個大病灶中也不成問題，「錯亂」就是它的症頭之一。（倒是那「潔淨」羞了我臉頰直到夕陽落海的最後一道色暈。）潔淨之所以羞我的臉，因緣不久前卡露斯七人小組自台東走古道翻山越嶺九天半才到古茶布安，我問他感想，他說鳥獸溪魚之多讓人恍惚仍是野生的世界，他走過祖先走過的路只有兩個字足以形容：潔淨。當下我就感覺這「潔淨」貼著羞著我臉頰。當場就有一種專家「綠色工作者」提醒大家，那古道周區是「本島僅存最後的潔淨」，隨後的大論當然是要保存「這最後的」需要完整的規畫，包括經費爭取、人員的組編、綠色思想的教育——一切朝向「運動」而努力。又一個運動。卡露斯不再發言，想必祖靈的路如今走來太累了，更可能他沉緬在「那原本屬於我們的潔淨之中」還沒有完全回來。（這是個獨行俠會被笑到從座墊上摔下來的時候，運動不僅標它意識形態且秀它行動鋼領，單打獨鬥的人現今只合生存在床笫之間，運動還不時以強勢滲透「集體招數」在你耳鬢廝磨之時。（貞小姐名言：獨派搞個人，統派搞運動，不獨不統的搞他個人運動會。）幾日間我在太麻里一帶遊走，走在已不甚潔淨的沙灘，心思總落在「思索著」二十年後卡露斯所說「我們是在不可知的年代登陸太麻里海灘」，我眺望遠方海平線那一道近紫色的藍，我蹲下來細審被海浪不知沖涮過多少年代的沙紋，我相信一個人如卡露斯者走過歷史必然要留下幾冊文字以紀念他作為一個魯凱人的一生，何況是一個族群初次踏上「我們的島」那落腳的痕跡充滿生命的悲喜歡躍是儘管浪來浪去也浪不掉的。想像我當年就相信。九〇年代後，我不時遠去太麻里流連海灘心神恍惚在騷白的浪沫池中來回日夜，是印證當年相信的想像嗎?先生卡露斯說，若有人在那海灘坐溼千條褲子或裙子，那種「神祕無賴」的精神就可以肯定那就是當年祖先「登陸我們美麗島的地方」，如果你肯再坐下去就會見到某個月圓之夜有無數的魯凱踏波自海上來，渾身熱帶叢林的臊腥，(情癡證情癡，足以。)越戰人抽空落地來近距離考察當年他炸的當地人有沒有嚇到輸精管打了結卵子驚到萎縮斷了子孫或時時躲在「沙丘魔堡」裏無事可幹生出更多子孫，這兩種可能性他都要一一拍照存證帶回美國故鄉做為晚年「慰安照」。我要緊問他在機上鳥瞰清楚了全貌「屬於我們的福爾摩沙嗎?」他只記得指定下蛋的地點遠觀是「鐵做的」近玩就是「人肉包子做的」，不過「福爾摩沙你們的美麗」他下蛋當下就有同感符合人類等級標準至少四星級的有可能超過五星到六星。他回憶的口沫亢奮到黏在兩邊嘴角足足有小男孩睪子的大，他也曾支援炸到山另邊叫台南或義嘉的水田中機場周圍一片金稻穗的光暈，可惜他行程當夜必要趕回去台北中山幾條通去打他生命中可能是最後一回的肉砲，枉費他臨時想到還有兩個值得相框「慰安蛋」的去處。(我不惜文字囉嗦，更無心文字的絞纏，追憶青少年時代躍跳到九〇年代的這段經驗，只為了不憚提示大博士鳥居：凡人大聲說他看透了什麼全貌的，不管別人相信他七分八分，你只能信自己三分四分。黑面琵鷺也只熟悉西海岸曾文溪口一帶，伯勞若不被燻鳥仔巴去牠的族群記憶刻骨到基因必不磨滅落山風吹來燻它鳥仔的味道這島的尾巴。（卡露斯先生自太麻里路過楓港時，獵人的野性讓他一度好奇平地的鳥仔巴，人類的蔥、薑、蒜辜負了伯勞辛苦飛了不知幾多里路練就的肌肉香，卡露斯當場建議「鳥烤人」蔥、薑、蒜自己的手指或小雞雞滋味也不會差到辜負了「文明野味」。（伯勞我是沒吃過的，但我初見「國慶鳥」灰面鷲就覺得牠可以一吃不吃可惜了人類尤其台灣人，因為那大面臉長得太像人頭臉尤其大陸東北一帶的，北方的禮教不是教訓南方「禮教吃人」這句成語的原始背景來自那大塊土地曾有「養菜人吃菜人」的小眾文化傳統。（貞小姐怨我常常離題太遠，是否腦神經衰弱不能集中精神，我下筆在有愧與無愧之間：這篇小說出發時是「亂有節制」發展到「亂無節制」，也是在有意無意之間。宇宙萬象可能亂有節制，但它一爆，要節制也難，這時用「失之無秩序」就不恰當，「具有一種豐富的美」形容它就很深得宇宙心，豐富難免亂美，璀璨有餘禁它不止何談自禁。貞小姐嘆息：竟有亂得其美，讓它去罷！）對於島上老農老漁民，「歷代以來」老天遵照不同的節令送來滋補用的吃食，寒冬時烏魚潮出海口的㚫仔魚，夏季是各種也肉食性的爬蟲走獸尤其被都市人放逐下鄉的進口巴西龜變色龍，更不說本土產給本土人吃的鮭魚和鯝魚，肉質口感好比復古口味玉井土產芒果的鮮甜，聽老饕說為了「有用本土」進口龍龜的肉質都快速本土化了。至於近現代才出現的生態環保人類，尤其道德觀強烈到不遵從他的環保道德簡約就歸人入無恥的敗類，老獵、老農、老漁和老婊惶恐之餘，總感嘆世界不再是自小成長「樸實美好的」世界。（譬之老婊，終而有恨，年輕時「婊」是一手收錢一手交肉的「肉體工作者」，現在被「意識」分割到複雜的樣態，婊起來不僅自己沒有年輕時的專心一注，婊的人只「飆錢氣」顧東顧西花招百出就不肯真槍實幹弄到索然無味，後現代以後幾乎消失了素樸年代那類「肉體殺氣騰騰的男人」令婊子失落到青春提早萎縮的地步。（我愛將「婊子」還原成「神女」，神女自小於我是個蠱惑的名辭，是神的女兒她的淫水盈盈流滿神靈的聖階，後來我當然查諸歷史典故才知曉為什麼喚他們神女，不過我不在意神女的「歷史性特定存在」我永遠喜愛她作為神女的純粹性不要附帶憋屁的歷史：神女，神女，想她必然有一身特殊風味口感極佳必定好吃大家都吃得到不然怎值得叫「神的女」。）先生卡露斯常說野生態掌的好吃他用母語也不會形容只有嘗過的祖靈清楚那「曠世的滋味」，我頗想一試老鷹肉，總有三四隻老鷹家族在古茶布安的高山谷窩中逡巡，卡露斯說他獵槍從不比對此鷹，——比姿勢比氣勢比自由他卡露斯一點沒有射下對方的資格。「這就是獵人的倫理了。那麼，退幾步吃吃鶩肉代替吧！」我小聲說，卡露斯沒聽見或假裝聽不見。「從沒有聽過吃貓頭鷹的，」阿邦至今尚未拍到一隻貓頭鷹的照，想當然不准人家吃到絕種。貞小姐發話：天色近黑她就出發夜獵不要人陪，因為凡是公的必然被她的「母性」所吸引，獵到什麼吃什麼最好是公的野豬可以圍鍋三天有餘，「那不就解決了肉的問題男人」。（貞小姐愛倒裝句常忘了標點符號，她有另個獨到之見：電腦來去反覆不用人腦的標點符號總有一天進步到。我想像著多年相思的鶩肉風味同時咀著學者鍋前特意烘焙的「人類學嚴肅以對的諸種問題」，（鶩肉的好吃在於她長期站街自然便割了她的「尊嚴」或「自尊」這兩條看似必要其實華而不實的淋巴腺，「自尊」可以不論因為論起來就扯到壓搾與被壓搾、人身上的溲水是不是等同廢水的難題，「尊嚴」也請暫且不談一談尊嚴首先便要求尊重彼此的尊嚴，我說美女放屁也是臭的美女就會咬定我不尊重美女「作為一個人的尊嚴」。（但不說可不是永遠龜縮，只不過認知「反自尊」「反尊嚴」是屬「高層次叛逆」，是將來本土必要走到它面前的問題，在目今這個自尊尊嚴本土的年代，充滿尊的嚴的「有識之士」必要為這個問題的提出訝到落掉下巴。一念之仁，所以現在：）百年後，學者挾知識的暴風以橫掃的雨勢來解讀你鳥居的「前第一手」照片時，影像不自覺疏離了活生生的生命：「解讀生命」不是「生命本身」，相對河流一般流動的生命，靜態式的語言文字必然處處擱淺。若你鳥居有幸，來的是「前人」的第一手傳人必有能力在擱淺處就地「學術性騰空」在空中放喇叭吹鼓吹「前第一人」的開創性之偉大性就在於「超越擱淺性」，同時也留有餘地讓我們「後第一人」在他擱淺處超越「前第一人」他。（布農舒兒君花幾個深夜凝看「抗日關山英雄」馬達拉仙仙的影像，從感覺到肯定那是一位「我族極其智慧的人物」，而殖民政府編的警察沿革誌解讀這個人的生命本質是「原始的狡詐」，——真實究竟存在這「後代的凝看之中」，或是「當代的解讀」？（我不願如此解讀：異族統治者因他叛反有勁所以用「狡詐」來矮化他的人格，又因為他使用文明武器使文明疲於應付所以用「原始」來界定他。我願意在此為舒兒君稍作「解讀」：這人的生命本質真正是「原始狡詐」同時正是「我族智慧之人」，在那樣族群的生存都要被連根拔起的時代，狡詐就是智慧，原始正好用來讓文明水土不服、暈頭轉向。）我攤開鳥居博士當年田野發現「番土」的路線圖，沿著路線我思索發現：人類學家發現「新人類」，等同發現「未知的」自己，自己有能力發現「竟然存有」不知道的自己，當真是歷史上尤其人類學史上值得大書特書的事，更值得「發現」這個辭彙的是後來發現這「不知道的自己」可以被「已知道的自己」掌控、征服、占有、命名、欺騙、壓搾，——較諸後來的「大發現」先前的發現實屬餘事了。

「人類為什麼要發現我們自己？」阿邦問。（「餘事」的意思是「前事」的種種辛勞或好意原來都為了「後事」作準備，本土某些「良心還是紅的」不止哪傷心到眼不見為淨，所以歷代以來都有早起或午覺後就坐在店子口或榕樹下茫茫到黃昏喝到酒精肝的，不過絕望到瞬間自殺的少見到近乎沒有，真有愧於海豚或海獅不明自殺的「集體性」，我私下作「思想」一杯茶的功夫才豁然：這是當年渡黑水溝太平洋時波浪顛跛入移民的本性轉化成後日「不如活著東看西看也好」的移民韌性，這種移民的皮韌經由遺傳基因落實本土到今天你時常見本島人左右一個閃跩就跩再怎麼樣烏龍混蛋的車水溝大馬路。人近中年還是想不通為什麼好好的一個「有韻味」的城市要犁成一條又一條「禿澀的」大馬路，有時兩條「大」與「大」之間間隔三公尺不到。貞小姐笑說這類型的為什麼若成其為什麼那保證你後「後晚年」還是想不通，她電腦熟悉這類「規格化」的簡易題：首先存在，有幾張「都市計畫」的紙張，假設沒有這些紙張存在那麼都市工程局就沒有存在的理由，那麼「包圍」工程局的大小營造廠就「失去了存在的價值」，廠中人甚至「喪失了生活的意義」，多少圍標的遊戲不玩了多少人因此捏卵巴惋惜壞了「運作的樂趣」，更不堪忍受的是那些千百萬買來的大怪手、大鐵球、金鋼鑽總不忍它放著生鏽那就太對不起咱自由民主國家，——所以原「都市計畫」犁之不夠的可以再重畫幾條，既是「我們本土的」總有一天犁到天涯海角才不愧作為一個本土建設台灣人的一生。（貞小姐電腦所以騷話如此多，因為連它都急：那些「本土規畫者兼建設者」正打算犁過魯凱，壞掉本土最後的「潔淨的」處女林區。）「可能簡單不過關於人類為什麼要發現人類，」卡露斯答阿邦：為了好奇你們都吃些什麼山產好吃的呀，我們平地好吃的你們一定要同我們分享吃吃看，——以後就照我們文明吃的方式吃才好吃。（貞小姐頗有幾位人類學的朋友，但她規矩要他們在客廳吃果子香蕉「清談人類田野」就是不准近閨房，免得以考古科技人類學的眼光一掃瞄便知她貞小姐正存活在侏儸紀跨過大洪水時期，不然不知多少世紀以來那每晚揑著睡揑到手腳都斷了的遠古大貓熊還寶貝在床上作什麼？又床邊擺正的曾曾曾祖母梳妝台是照不得其他人類的，那午夜鏡面保證貞小姐永遠成熟青春三十歲，若不慎照出了別人的前世代幾番模樣那「可要嚇壞多少人弄出多少事成就多少姻緣」。（可能，貞小姐已被祕密列管「人類學X檔案」：不知要追查她的精神人類學或是體質人類學，都有可觀。貞小姐居家第一最煩人類學家，第二最煩人類，第三最煩人類學家打電話給人類。她答錄機上只給每位「當代的」三到五秒的時光。）

卡露斯先生甚不喜「發現者」鳥居。雖然，專業人類學的老年權威或青年才俊多次以如下的句型定位鳥居：「無可置疑鳥居博士是以學術方法發現且分類台灣原住人類的第一人」「如果沒有鳥居過台灣人類學台灣便要晚生不知幾何年不止」「不止我們可能你們自己都不曉得自己是凱魯、排灣、布農或平埔和大漢的混血後裔」「可謂乎是台灣人類學之父鳥居博士」。（我不曾「正式」以思想觸及「喜歡不或敬佩不鳥居」這個無可無不可置疑的問題，不過，我覺得「可謂乎是台灣人類學之父鳥居博士」這個句子從聲韻學上念起來很順，（貞小姐用客家語讀起來就很磔牙，阿邦用鄉音台灣駛起來像上屁接不到下屁讓人著急，可見語言學作為一門科學或應用科學之無聊同時之魅力就在於此，（有專攻歷史語言研究的鑽研「死語如何潛存在活語之中」，不僅研究活語的層階分類還越界到死語的分類，我有幸一度親眼見活生生一台「語言分析機」記錄並分析當場隨便抓某個人的語言，我當下就有「大哉問」可惜現場穿西裝、窄裙的人士多就暫時不問：據我體驗平生，「叫床的語言」就有八萬四仟種之多不輸法門修行，而且叫床語的音階平生所聽至少有八乘八六十四梯階之多，未知史語研所考據記錄分析人類古今的叫床語音沒有，想就亢奮那種自有意識模糊滑入無意識的過程一定頗具人類學的價值，鳥居沒記可以原諒他當年太趕，史語所成立太平盛世「叫床語」想必更有翻新若無這方面的資料彙整也算是坐板凳吃公家便當的材料食古如此這且不提。）此時此地我「非正式」掠過「大漢」這個語彙，感覺那個「大」字無有放諸四海皆準，我思想浮光掠到小時外祖母坐椅式的大漢腳桶還雕著富貴牡丹發著檀木香，當時我就覺得那「放」的格局小了一點，待到我見好茶老人大熱天耕作到憋不住時就地蹲下來大鳴大放眼瞳瞭著恁大的天空，我當下悟了「大」的意思只合如是，晚飯圍大鍋時我頻頻讚凱魯之大，「大凱魯？」卡露斯問，貞小姐疑是中了好茶的暑這個人，「是大，」我肯定漢大不比這大，「魯凱天地大鍋不大也大，妳貞小姐不小也小。」想當年鳥居的人類學大掃帚也掃過平埔，可能我的混血祖先也曾被他撿到作為「人類學標本編號１２３」，作為被標本的後代實在也不知該講什麼得體的話來才不會辜負了「標本者」。倒是，我也不甚喜「之父」那個人或「之母」那個人，沒有人可以偉大到成為什麼的之父或之母的，就不會有人必要奮鬥自己一生同時踐踏很多別人來「成其偉大」為宇宙之父或之母。（阿邦說每個人的媽媽是有的，大家的媽媽那樣的女人不用想就知道生不完大家何況會累死了大家的爸爸——除了一種「大地之母」的例外。（我們都吃一驚，阿邦是有一種「大地之母」那樣的人模存在。我很慚愧向來將這四個字當作一種「象徵」來看待當然比不上阿邦實質的重量，那肉質實在的份量具體的對「象徵」落實了我青年時代一直搞不清楚的「象徵性」。水閘一開抽刀斷水便不可能。又譬如「人生的象徵性乃至人性的象徵」這樣的命題從前我想到痴呆也不得解，今天我試用斬刀一斬便確定了「精神感性」和「物質性感」

原是不二分，猶如某大寺高揭的「不二門」。過去對那類誘人視覺到引發「生物原始衝動」的豐臀，我總聯想到「種馬」這個辭彙：「種馬」當然人不了貞小姐的電腦耳朵，若是「大地之母」就天地有正氣。）可能，我用「甚不喜」三個字可能過份了些。卡露斯先生性情溫厚，他僅僅不喜歡博士「那樣學術自信到別人家的芋頭上」，芋頭開花是凱魯份內的事凱魯人日常日用不說什麼，博士學術必要弄到「芋頭開花是開人類以來得未曾有之奇！」卡露斯哭笑的表情都沒有。（有回他過訪台南，我順道帶他去「開台」郡王廟看那名匾「——開人類得未曾有之奇」，卡露斯似乎只盯著那「開」字與「奇」字，沒有半聲讚美的發音，也沒有嘆息，我定要他說說凱魯人對鄭開台的「觀感」如何，「漢字很美。像『得未曾有』四個字。歷代以來我們在深山內裏沒有看到發生什麼，不過既然發生什麼了，不久我們就會感覺到。」卡露斯嚼者一隻自府城埋到台南的棺材板，「不過漢字很奇，像這棺材板就可以葬很多好吃的東西——我回去嘗試把小米接種在樹豆枝上看看會不會長出米豆之奇。」在十七世紀府城的煤油燈光中，卡露斯的眼瞳浮著一層油煙霧的「被發現者的迷惘」。（我「發現」貞小姐這個「人類」的存在之前，貞小姐已度過近三十年「沒有被我發現的時光」，假如我學博士鳥居用自信滿滿的口吻說「發現了妳這才『出土』了妳」，貞小姐難免叫眼眸膠貼上一層「不知歷史哪個時代動不動就被人家『出土』的霧茫」。（卡露斯讚他女兒生有慧根應該是遺傳自凱魯的優美傳統，當她初懂人事之時，就懂得用膠帶貼住眼睛，至少三個暑假的夜晚避免一眼撞到文明綜藝的醜人扭扼到山中家家客廳，直到她弄明白「豬哥」這個語彙時，她解下遮眼沉靜地告訴父親卡露斯：原始人豬哥比文明人豬哥「純潔」，百倍、「豬哥性」勝過千倍。——女兒的話中有真實，卡露斯不願多作解說，也很少說起女兒發現的「原始VS. 文明」的種種，貞小姐說我們聽慣鼎邊話心裏存著幾分就是。）在被發現者被發現者發現之前，原住民已存活了不知幾多年，並不待鳥居來「發現」，他們原就有日月星辰的天地光明也不待鳥居來「射一道人類學的光明到台灣的黑暗地帶。」（說原住民生活在黑暗地帶可謂是人類學開文明以來的大嘴巴之一。（把核廢料偷偷摸摸寶藏在蘭花小嶼可算是文明精神異常的動作之典範，一位雅美朋友說他當年被騙去做的是「一項極機密的國家軍事工程」。（我具體建議把廢料核的分成像小茶包或咖啡包，由國家按人頭安裝在每個人的褲襠，這樣帶來帶去誰也吃虧不了誰，尿又尿不溼誰也就怨不了誰。貞小姐也贊成亂世適用亂法，她可不信那核的邪，意亂情迷幾次就把它給「閹」了。「淫閹」我捕捉到這個「頗具原創性」的辭，叮嚀貞小姐幾次回去記得電腦輸入，免得小電腦當場不好意思待會肥烤肉吃了就忘掉。阿邦顧慮多：必要成立不知多少特勤隊，二十四小時的，專職檢查「帶了沒有」以及彼此檢查「有沒有帶」，走私絕不讓。（卡露斯嘆那島雖小，有先天的惡靈又有後天的惡龘，他在螢光幕上見島人戴銀盔穿丁字褲在立法院吟古詩，那夜他找族人醉到星星看不到半顆原始的。海風千年打造的古詩到了鐵筋水泥的冷氣房當然失了原味，臭氧打造的都市人既嗅不出海風的味道也聽不到海洋的呼吸當然不懂它的意思到立委坐的屁股都尷尬的「情境」，卡露斯當下決心也作個詩人，他逐漸聽不真確新聞播報員的聲音，他聽出了某種音質與凱魯古詩有相通之處，他所以醉不因大家都見到「原始形象淪落到文明叢林」的悲情，而是他被那詩韻穿透螢光幕聳動心靈到不能自己不得不一醉在深山部落。（「千古艱難唯一醉」貞小姐也嘆，我不記得這是哪國的古典名句，人生要遇到值得一醉到千古的想必艱難倒是真的。）以地圖標示出原本隱蔽自守的部落所在，以文字錄寫下「無用文字」的部落生活，不必徵求部落自身的同意，便把這些「標本」曝在文明的光譜中，——這是另一種形式的「進入」：進不進入由人類學家決定，進入到何等深度也由人類學家決定。（鳥居停留一個部落的平均時間大約是小孩蹲屎一回的漫長光陰。）何時拔樁何時脫離都由人類學家決定，這是怎樣的「宇宙倫理」？（被進入的想當年想它半斤米酒維士比加伯朗咖啡也想不通：為什麼可以被人家那樣「縱橫」進入（進入的人半杯威士忌或白蘭地加南極冰塊想都不會想到當然想不通為什麼不能這樣「進入拔出進入」。）我也甚怕像伊能那樣的學者「台灣的每個街角都可以看到他的身影！」而後閉居整整七年來「處理」他身影所到的台島的每一角落：這是怎樣了不起不得了的學術風範？（作為一個人到底要成就什麼需要他走遍異國的每一個角落，再為這個異國閉關自己七年用來處理這個「異國」？——當時這個異國的人都在做什麼？做苦力或養孩子的事嗎？除此之外，這個異國鐵定沒有像伊能的人才至少那麼多年他行走這個異國他沒有真正碰到「有人」：這是「資源壟斷」的一部份，包括知識工具的壟斷，還虧一個有心人來完成。每當我讀到「這個異國」的老前輩或人類學人歌頌鳥居或伊能的文章，我總在心中自問：作為一個人他到底要成就什麼需要他——（「當然為了『全集』，」貞小姐肯定，「全集最重要因為它全面性地『秀』了這個人的一生沒有白費。當然它也秀出了研究的對象，但那是附帶，是剩餘價值。」阿邦引申：全集可以全部集中人生，有朝一天出套「阿邦全集」，也好讓老家的人全部集中來看看我阿邦成天亂跑亂照到底是為了什麼。卡露斯對「全集」這個辭彙沒有反應：魯凱人從來不需要這樣的東西，魯凱國自古以來包括他自己也無心搞什麼全集。）某人類學家曾「試評」：伊能有勝於鳥居，就在於伊能「專業台灣」的全集。「——不像鳥居無定性，一輩子亂跑田野。」不知誰加了這個註。他鳥居博士八十歲自北京退休，榮歸大日丸的樣子真令人噁心：這是某政治意識形態人類學者的意見，重點在「北京」。（雖然「甚怕」，但我鼓勵卡露斯加把勁，有生之手在古茶布安成就魯凱人寫的「魯凱全集」，說不定消失了二十年的雲豹忍不住復出來護衛這魯凱第一全集。）我們都喜愛鹿野小子那樣「由昆蟲爬到人類」的學者，當年助手他的一位阿美族青年到晚年還時時眺望遠山懷念那樣「人與人間真誠的友情」，超越了種族、主雇、強勢弱勢的差別，可能那是「第一代」人類學者在台島經驗最美的一件事，不因他「研究昆蟲或人類」的成就，而是「這個人真誠感覺到另一個深山族群陌生人的美與和諧」。我想鹿野是可能終生留在某個田野的那種學者，（若不是軍令他過中南半島，又因他太著迷研究人類疏忽了人類的軍令竟然殉死「人類學」，又有傳說他以人類學的祕法失蹤在南島的密林中，）他面對阿美和泰雅這兩個美麗、驃悍的族群自然會讓他領悟人類學「研究」比不上活生生的人類「生活」，（也因此我贊成他失蹤，可能他在南島密林中邂逅了能令他停駐下來一輩子「人類學腳步」的族群。（我所以有這樣亂浪漫的想像，是看到除了「旅人型」的人類學家鳥居外，得天獨幸還真有另一種「戀家型」人類學者森丑：）森丑想當然看不慣博士鳥居「拿掃帚、掃地圖、撿標本」的人類學方式，他辭去官職再爬上玉山後，說了一句幾乎被遺忘的感言「願台灣的山永遠的綠」，之後在假裝回去大丸國的艦上跳海游回蕃薯島從此在「人類學正史」失了蹤影。（森丑說了個謎題式的感言，多年後本島人才了解這謎：原來森丑深知自己的民族性，他們築森林鐵道、林道入山，砍伐林木運回去大丸國作墊被的地板質材，——（對台灣諸山，這是一句驚心動魄的警言，它的警訊延續到九〇年代的今天。）森丑再度現身「野史」時人在布農關山一帶，在一本「被遺忘的人類學筆記」中，他明白告訴人類學後生，失蹤後的森丑已娶布農妻生布農子真正落布農地長布農根，還清楚記載他追尋當時兩位特大號的布農抗日英雄，終於在密林中不期會見其一，英雄和森丑一起坐下來抽煙、閒話、摸槍、交換不可交換的資訊。（這是世紀初的原住民英雄重現在世紀末的冷氣房讀者的眼中，那種「時空差異不可思議」的感動，只有歸功於「歷史小說」這個文體的魅力，以及出入「歷史」和「小說」之間的現代人寫手。）雖然筆記沒有交代，依我推測森丑不僅「終老布農」最後更消失在中央山脈之巔，給「人類學」留下了「文明後大矮人」消失之謎。（「矮人是被布農族滅掉的。」舒兒君輕易就解謎，可能信心來自不久前布農僅存的大巫師收他作入門弟子：當時小矮人意識到長遠的未來終究鬥不過長腳哥哥，決定渡海歸鄉，幾回借道中央山脈之南移徙東海岸時，在途中逃不過布農的獵人嗅鼻，布農在又怕又妒的複雜情結中圍勦殲滅了「史實考據真的存有的小矮人」。（「怕」

是當然的，原始部落社會之間誰不怕來怕去的到今天公寓鄰居還不是如此，口傳小矮人憑他腦力加上臂力沒有哪個族群不畏他七分，布農大概怕他們像大蝗蟲掠境收成全無是不可忍也，但是這個臆想可以不論因為「小矮人：大蝗蟲」這一組比喻無論學術文字或口傳歷史上都無此類喻。（「妒」拋開某國造字時硬上「女」字旁的因素，布農有無可能妒小矮人還有原鄉可歸，「更其妒」這種踏上原鄉之路的討厭模樣，舒兒君說他「沒有資格回答這兩個假設性的問題」，他只肯定布農語彙中沒有「船」這個發音，天生就斷了乘獨木舟或雕花船回歸桃花源的故土原鄉，——舒兒君發願考據出布農是原生台島的民族，不待未來，這個島就是可以親近思慕緬懷想念的原鄉！（有位學院派的以「語言自然生滅」的觀點質疑舒兒居，舒兒反駁說像「船」這樣重要的語彙若曾經存在就絕不會在布農口語中消失，舒兒諷嘲說學院大約只蒐購了布農的記事板行事曆，對布農自古有一套嚴謹完整的「口說歷史」慣作白痴裝聾作啞的學院他們布農老人家至少他舒兒老早就「看出出的」。不管學院或學院外都被舒兒一番話弄得嚴肅起來，有不少人嘴唇線變成屁股溝蠢蠢欲動，舒兒君「酒後笑談」：當年他祖父就常見小矮人躲在大芋葉下，他們種小米時都佯裝作沒有見到，就小矮人不甘太寂寞不時拿小茅刺大人的腳又讓人不知癢在哪裏，有時實在癢不自禁了只好拋下工作跑遠路回家找布農妻子治癢——之所以布農妻對小矮人頗有好感實在因緣於此，不意老天無眼不定時就打個大雷把工作中的布農嚇得紛紛跌了跤，也無意間就壓扁了多少在芋葉下望鄉的小矮人。（請注意布農舒兒沒有擺出「田野調查」或「口述歷史」的嚴肅腔調，所以請放鬆這個「嚴肅的歷史謎題」成為閒談，（我想舒兒君心裏也有數，我們都等待專業學術的小矮人專家或專業想像小矮人的歷史作家不屑出來反駁或長篇指正這段「閒話」。）依森丑的個性，這最後的謎題是他故意設計的，他要累壞後來的制式人類學家追蹤他這個叛逆的人類學者的謎蹤，不過，這「讓人類學忘不了這個人」的期望落空了，森丑非學術的個性造成他對於學院的性格有認知上的盲點，他看不見學院第一注重「學術排名」，第二著重有實又有據的研究著作最好是全集，第三學院對「失蹤」這個包容複雜意涵的問題無論是歷史性的或政治性的都興趣缺缺；所以在學院，森丑的最後一直停留在跳海的謎蹤中。直到九〇年代，才有待非學院的歷史小說作者翻他出來逃生到布農隱姓埋名自我放逐，又不甘心自我如此就這樣容易就被「人類學放逐」……。（我忘了建議小矮人閒來開一條支道到舒兒的床下，隨時現一現給布農小子看小矮人祖靈當年的「通台威力」——餘話就不用多說，在我建議尚未出口之時，舒兒出生不久的寶貝女兒隨時掉了奶嘴，作爸爸的房間地板幾個洞隙都研過扒過撈過就是找不到。）貞小姐難得閒來無事暗示我們要解那森丑最後謎蹤並不難，依電腦推理小說程式，謎解存在另一本「被遺忘的筆記」中，答案非得讀到最後一頁再倒著讀回來第一頁。

時至九〇年代中葉，（時序朝著「世紀末」挺進，已經出現本土X世代、Y世代，不知還會出現什麼，我們都裝著憂心忡忡，新人類、新新人類已成過去的「名詞消費」，世紀末不知還要發什麼給我們消費到「極道消費」的地步。（所謂「極道」意思就是走到極端的道路，語出那些走到南極或北極的探險家。）時至九〇年代中葉，不時部落前溪水漲起漲落不定，貓頭鷹和卡露斯先生都奇怪連日並無颱風下雨，後來委託「部落通」的雜貨店胖小老闆下溪探勘一番才偵知：原來都市假期又到了，年輕的人類學工作者分幾梯次進駐部落外內，溪谷內外值得做為人類學「標本」的都自動暴露自己待未來的人類學家採集去都市遊覽一番然後整批進垃圾袋軋入垃圾車，幸運的就在都市一隅某水泥房屋常住下來永遠不會有重見故鄉山水的一天，更奇蹟的還可能中選上星船進入永恆的外太空進行「標本交換標本」的宇宙遊戲。（貞小姐校正：是交易非交換，所有的交換動作本質上都屬交易行為。（貞小姐又注：宇宙間正進行著各種形式的交易，所以不必對人世間的什麼什麼交易大驚小怪。（像性交易動作本質上是屬交換行為，但就「永恆即剎那」的觀點來看，所有的交易性都不止是性交換，都具有從暫時性到永恆性的本質意涵與現象價值。舞鶴補注。）想當然耳朵「標本」就像山崩淤泥一時間讓溪水連同貓頭鷹的心都暴漲了許多。我遞給先生卡露斯一帖我自己不定時嗑在齒縫的「消遙通氣散」，果然通氣不久後遠看到好茶石碑前圍著一群類「全裝備」男女，不用走近也曉得他們此刻正在田野調查好茶人類何時又如何立了這碑，想像中一位「原型」魯凱青年以額頂揹石碑的方式就「那樣」從山腰岩壁採集它下來矗在這裏當作部落鎮碑石，卡露斯以解說人的好脾氣：大概現代都市人營養夠手臂雖細有「體質學」來支撐所以你一個人就夠，在山述傳說上這樣的大碑石都要委請小矮人大力士，後來小矮人到處請不到，只好族親至少五六、七八人輪流從天亮到清晨才「採集你們下來足足百三十公斤，當時有位傷到脊椎或頸筋到現在還歪著頭走路。」（每天將日落時他會歪著到碑前，歪扭著頭「凝目」碑石上好茶社區四個大字直到日薄溪谷很快就到他的晚年盡頭，某天牧師經過不意間發覺四個大字歪扭了些，族親不信都去看都覺得四個字至少三個半字往東歪了些，剩半個字好像又似乎往西扭了些。阿邦不信拉著卡露斯去看也覺得是不一樣，「有一種看不出的詩意的歪扭，」卡露斯這麼形容，阿邦即時拍照存證。當大家禁不住不約而同想到歪扭著脖子的那人的瞬間，看到村長大人拿來皮尺量一番每個字，確定歪扭度差有〇・〇〇三公毫，牧師馬上帶領禱告：感謝上帝用「風化這個人」見證您的無所不能，無所不在……（卡露斯拉著我離開，馬上我見貞小姐剛自晚霞溪水濯足上來，那歪著頭微笑的唇角彎度遠超過〇・〇〇三，那亂髮黑過裸腳白的美真是感謝無所不在，無所不能的……）人類田野調查實習隊短者一天半多者不到三天，實習手冊教戰大家存在有兩種兼具時效的實習方式：（不禁為什麼我想起某國自誇有名的黑夜急行軍以緊湊的腳步踐踏過永恆的夜突然出現對象物的睡眼惺忪前，戰史證明這種急行時效之為用乃在嚇垮對方的外在乃至內在，（這黑夜急行軍可能革命啟蒙自他老祖陰陽家的「土遁術」，卡露斯頗羨這漢番自古以來的土遁之術，因緣古茶布安常有人上來行「送別之宴」往往宴過午夜只差老酒一瓶就可擺平被送者或送行者賓主盡歡，卡露斯傷別之餘也頗難過就差那麼半瓶，即使三分之一也是即時甘露，好在總有青年魯凱的腳也頗有能急行黑夜山坡的，趁暗夜星光下山敲醒雜貨店大約天亮時分竹簍揹酒而歸。「送別的完整性」是不忍辜負美麗的古茶布安，可能也無意中向對岸的軍腳傳遞一個訊息：就在我們魯凱也存在不輸再怎樣黑夜的急行的腳，自古以來勤練於今日以備不時買酒之需，想官方是沒有注意到的何況官方的對頭官方，更可嘆媒體不管平面或立體的也只懂得半捧對方半恫嚇自己再出諸傳奇以現世「現代的土遁術」，無視本土魯凱一旦懷才不遇被借去遠方異國「軍事規格化」到本土政治學術也咋舌瞠目的地步，……）(1)集中幾個採集人各自從不同的視野角度圍攻標本物，可憐老族人即使患了或多或少失憶症的也不得不空腹溢酸來交代，這肚腸東西若不合人類學的標本，立刻被充滿標本使命感的田野行動家來打斷，他們向族親以「委婉但果決」的語氣說明彼此都辛苦都是為了「發現」魯凱的寶貝。（這口氣，貞小姐認為有可能吃多了都市大學攤蒜臭豆腐。（魯凱也不是老被喝的，阿邦有回拿起相機鏡頭硬是被喝了回去，發話的是霸臉一張的鄉長夫人部落女頭目，「不要以為這是什麼地方可以亂照亂拍什麼地方來的相機嘛！」其實大家都認識阿邦是「專業魯凱」的，大概女頭目心煩有要事一時也受不了阿邦的專業（貞小姐頗欣賞這女頭目在「魯凱首都」霧台的都市氣派，說她自己一回都市就感覺自己無論外出行大路或窩在電腦小閨房渾身都有一種「蠻荒氣派」。）(2)教戰守則第二條單兵攻擊，適合「具有獨立思考獨立作業」的青年才俊，所以你往往看見單兵一個遊走部落巷道終日還下不了手讓人心驚肉跳天生他到底要的是什麼，等到他逮到浪子或亂抖的小子大家才放心，果然慧眼不負天生他的筆記或錄音機不會生草本空花，當夜的每日收成檢討會上準有「特殊標本」可以貼在大公報上，給人類學師生大小安慰「世紀末的今天部落畢竟還存有特異功能人士（PM3:40 在大溪谷亂石間採集到的）」。「大概是酒精作用下的亂舞森巴專家，」卡露斯先生蠻不好意思，不好壞了大家汗水換來的興致，也不好直衝蠻撞不好惹的學術。師生的標本袋中少不了各色酒，約定俗成告訴他們上山來酒是必備之物，倒不是說山上人好喝「成性」，卡露斯先生對頭一批來「研究原始人類」的總有一肚子話要說，到底也說了一些些，不過酒入三四分後卡露斯就只說魯凱名言了：「你們上來是要來向我們學習，學習怎樣看星星。」「我們是屬於雲豹的傳人，我們居住在雲豹的故鄉。」酒入五六分，便有青年魯凱唱起一首他們新作的歌：「山永遠是山，原住民永遠是原住民……」

卡露斯先生頗嘆魯凱原始沒有「眼觀鼻心」那一套，光靠被打成精神跛腳的巫師巫術當然擋不住「向文明反撲」的現代化洪水山崩。當時有位專攻「科學的神祕學」的大姑娘說那當時若即時發起「集體潛意識的念力」就有可能把溪水暴漲淹上部落、山崩瞬間活埋兩戶人家這種不可思議的異象念到它有氣無力。「年來紛擾太多，抗爭不斷，」我沒有什麼必要堅持的立場或形態意識，只是發悶而且越聽越有氣，「人的盛氣、霸氣動了山水，不信你問山水最受不了人的這個那個使命感和永不退讓的狗屎意志力。」我望見貞小姐秀起峰眉，阿邦藉口什麼從廚房側溜出去，卡露斯也不想接「紛擾、抗爭」這般永遠爭擾到今晚能不能休息的問題。好在，貞小姐想了幾個為什麼：為什麼你對「標本」的情結到了異常的地步？為什麼你對那麼偉大的「開台人類學家」具有那麼酸漬過的情結？又為什麼你寫下這麼冗長的一章為了讓某幾位人類學家在歷史的墓誌銘上模糊了「人類學家」這個標記？我原想暫時迴避這幾個為什麼貞小姐，因為它迴避了我們目前要面對的「重大問題」，但顯然卡露斯對所有的重大問題「不想以談論式」的，他請我再閒談有關「標本」和「人類學家」、多透露一些線索免得讀者包括他都有可能迷失在這「長到飯都吃不完」的一章中，如是所以：之所以我對「標本」這個辭彙十分敏感，緣由當兵時常在埔里大街幾家蝴蝶標本商店流連假日，店中的標本專家可以不惜唾液敘述存活眉溪上游的蝴蝶群系，分布如何，習性如何——特別是交配模式如何對比人類的「性交」模式，「標本」他們的最佳時機及特殊技術如何，（我原想詳實寫出這最佳時機和特殊技術，但考慮到它屬「生態學」的專業範圍，又帶著技術專業的共有的機械模式的反覆性，只在標本第一隻時刺激到可以使性腺上升到腦膜的地步。（貞小姐說不稀奇，人盡皆知胡思亂想有「功」於性腺，貞小姐舉一例世紀末如今只要男人凝視女人的嘴唇三分鐘不到那女唇就生出類陰唇的恥毛尖搔癢著他「驛動的心」，（我很難就自身體驗反駁貞小姐，自世紀末以來我的視線停留在可見的女唇的時光累積起來可能已經過了世紀末，不過這種現象大多歸功於唇膏設計乃至青春造型設計師的影響。）有個老埔里因此在「標本第一」時中了風，預防偏方埔里街傳說有必要請一位白花姑娘露出盡社會倫理可以露的她的「白花肉」，使性腺帶起的血液事先慣性疲乏了沖不過肚臍為界，（第二隻以後，直腺下降到例行公事更甭說第三隻：這種專業技術不寫也罷，會壞了「小說的純粹性」，留待滿懷「民俗技藝記錄性使命感」的所謂一種「常民文化工作者」可也。）自我青年歲月到現在，我尊崇「蝴蝶專家」或「蝙蝠專家」都可謂「次人類學家」：解剖動物的原始動機其實是為了深層了解人類本身。（對人類這種東西還有不了解的嗎？」貞小姐請問諸人類學子，學人類的唯嚅地說：有，大概也被前輩搶光了。阿邦說當然還有，我和卡露斯都認為「更其」當然的有，比如有人拼命灌酒，有人拼命飆車，有人喝醋罐像喝白開水，有人為了某種「意識」可以當眾斬人家的雞頭、沒有人為雞的頭說半句雞話、雞身有肉的被撕揪回去被滋補了冷冷的斷成烏紫色的雞腳在偉大的選舉檯面下，寂寞的躺著——這「雞腳」令我在某年深夜散場時沿路回家一腳一步「疏離」了政治，同時深一層的「疏離了人類這種東西」。（泛大家都愛看的「人類的生殖器的祕密」在人類生殖學家的研究室實際分析出百分之九十九點幾，剩下不到百分之一的祕就虧實驗人類以外動物性生殖來洩露給人類管窺這「天大的屬於自己的祕密」：為什麼看蝴蝶或蝙蝠「交配」就滋滋有味到忘了午餐，看「人類做愛人類」就不由得臉紅自己隨後在慢動作顯微之下從亂有味道到索然無味。（店老闆看我一身舊軍服想也了然買不起標本的「豔麗」，不過那個年代的民間專家「秀」他專業的勁道有勝於今日的「全錄」，讓我感覺要是他能把「人」當靜物處理，那麼較之蝴蝶以人這樣的龐然大物，一定可以標本出各種規格的「肉豔」。）自然永遠在變遷之中，只有人事可以在耍嘴皮中海枯石爛。古茶布安的溪谷在風雨後有了巨大的改變是卡露斯從小沒有見過的，安位在深山水源上的巨石不見蹤影，說不定哪天在高屏溪出海口再見它時渾石充滿了都市文明的「惡臭」——我難以用更恰當的字眼，也不想在形容詞上花招，我直接用「都市的惡臭取代了高山溪谷、野草、蕨葉的清新」。貞小姐不滿意，我並沒有直接回答對「人類學」乃至「人類學家」的情結，她沒有辦法很清晰的輸入電腦去。我說那就請輸入「混沌」，把「混沌」濃縮成小片小片磁碟。卡露斯長久不作聲，我曉得他陷入一種恍惚，茫惑著為什麼原本與自然山水相知相融的族人竟會陷入這般「與自然疏離的境地」？——不遠處傳來青年魯凱的飲酒歌，還是新近最愛唱的那一首：山永遠是山，原住民永遠是原住民，不管你心在何方，不管你身在何處，山永遠是山，原住民永遠是原住民……

由世足大賽的名腳起興到獵人的小腿

每四年一次，春夏之際，卡露斯先生必看「世足大賽」。他跟朋友酒到午夜，紛紛醉倒友人了，他獨孤一人耐到凌晨；或者夜色初降時匆匆入睡，為了鬧鐘在午夜三點〇三分醒來：當螢光幕特寫到那些隻「世足」時，他翻轉小腿比較看自己的小腿肉，按理說獵人的小腿肉絕對不輸他們那些名腳的，畢竟在人工培植的草皮上後天練就的怎比得在突高突低的山坡小徑先天生成的——只嘆這「畸型的社會國家」從來沒有給過獵人的小腿臨門一腳的機會。（之所以這就是為什麼棒、排兩種球類會在部落社區流行的原因。我曾見布農婦人做完禮拜一出教堂就在堂庭排起球來，那種一扭蠻腰殺球的威力不是我們平地男人可以接得正的。更不堪球棒的是，有位中年泰雅男人不是把每只投來的球棒打到界外後山腰，就是連連揮斷了球棒，據球隊開會多次研究總結可能的原因是他的手腕結構已經鐵筋化了，因為他從年輕下到平地在建築工地綁鐵筋綁到現在擁有自己的鐵筋小組，還好大禮拜日不忘趕回部落上午做禮拜下午專任部落球隊的打擊手。（所以自從「最後的獵人」出現過後，手腕內在結構日漸改變以及所帶來的力量明顯凌駕於昔日的獵人小腿之上：如果你研究原住民變遷史，這是不可忽視一個重點。（阿邦鏡頭就比較過老獵人和「原住民知青」的小腿肉，初看後者的肉肌量是虛胖多了，再仔細看入它內在的質地顯然兩者的結構已有差別，知青的小腿肉業已平地化都市化……）不過，機會也不能說完全沒有，卡露斯先生也頗自豪這島上的馬拉松名腳多出自「雲豹的傳人」，恨在這般名腳風光不幾年後都痿到小學當臨時工友，不然就下到都市環保局跟在清潔車後長跑收垃圾，「其中一位馬拉松因此中了風。」我也同意怪要怪「這畸型的」；每回路經那間繪著馬拉松選手壁飾的家屋，不經意瞥見那雙「曾經一時」的名腳時，由不得我想到它當年用勁跨步過度致使現今他膝蓋常年抽筋，「抽起來抖下抖上的就像羊癲瘋，」卡露斯這麼形容。我曉得我們念頭掠過那走起路來「很抖」的羊癲小子，（因為羊癲這小子有幸常年蟄在好茶，有陣子卡露斯寫作之餘順便看顧著他，無論「重搖滾」或「那魯灣」他都開到極大聲、極大聲到瀕臨抖起來的境地，後來常見他微醺的樣子走在部落這裏那裏，有時見他規矩坐著聽城鄉所都市知青講道，有時見他落寞地又帶點冷漠地僵在教堂前大碑石，最近一次碰見他在活動中心旁公廁敲小鼓收我「娛樂清潔費」一尿十元。）但我頗疑那馬拉抖的膝蓋是多年窩在都市大廈地下室溼氣漬出來的後果，「這種名腳不是溼氣滲得入的，」卡露斯肯定我疑的不是，因為繪在門壁的那雙腳肯定攜帶著「雲豹的意志」，印證當年他被兒子強迫領養到大廈地下室的第二天清晨，上環保局回來的兒子發覺他盤腿坐在臨時搭湊的板床上，「用意志瞎了自己的眼睛，」不忍眼睛的漫長未來必要對著水泥壁的灰，更不忍讓眼睛上到地面看膨風大肚市複雜到遠超過七彩的色彩，還顯微分析出每一種色彩都有能力看出自己擁有多少深淺不同層次。「既是『意志』在做工，」我為馬拉松先生感嘆再三同時惋惜無限，「那就沒有辦法了。」有一種眼睛曾經對視過雲豹、百步蛇或大冠鷲的眼睛，命定只合看天空的藍與山巒的綠。

整個觀賽過程中，卡露斯先生的大手拿捏著小腿肉；將要臨門．腳的瞬間，先生俯向螢光小幕，那手幾乎把小腿捏成肉球滾在千萬人同時看的草皮上。有一回，那臨門的腳來的太快即使再重播還是看不仔細，卡露斯在臨門後的弛懈中，徐徐說起有一度他遠到南投山中部落拜訪布農拓瑪君，最讓他欣羨的是屋後圍牆邊的那個大耳朵，而非那紅瓦別墅日式隔間泳池前院配著那隻關在兩層樓柵中的母猴。顯然魯凱只輸了布農那個大耳朵，雖然霧台的別墅沒有一幢比得上拓瑪君別墅泳池的，至少在別墅與別墅間還這裏那裏固守著石板老厝，不像拓瑪君屬的部落各式建築都有就是不存「祖先的住屋」。卡露斯先生是以祖先原創的「石板文化」為傲的，（在阿邦的語彙裏習慣把它標高為「國寶級的」，）且不提散存山坡田間的石板小工寮，好茶至少也還有一間樣板石板屋，從簷雕到祖靈中央柱雕的都有，就在「五族共和偉人」銅像的屁股後；當然近兩年打造的現代石板厝民宿客棧用了抽水馬桶，那是不算數的。（阿邦鏡頭曾經記錄了好茶每一間家屋的正面照，在廣角鏡頭內每一間家屋都像「歷盡滄桑一美人」；獨獨阿邦略過這間漂亮的石板厝客棧不拍，我看它再看阿邦，「那是不算數的，」阿邦的正義眼神如此回答說。）我說走一趟拓瑪君側門前上坡的「曹族死亡之路」就見好幾隻大耳朵，莫非是他山勢的關係非大耳朵就收不到螢光。（我是忠實照錄布農的說法，那條「曹族死亡之路」，當然有它的史實傳說作背景靠山，不過我不想在此重述有關「族群與族群之間的死亡經驗」，好奇的人可以一問布農拓瑪，想方便一點的話可以尋問散布大都市的幾位專業原住民研究的學者專家，說不定專家學者就住在你隔壁的隔壁。）卡露斯先生說不見得，那山不比這山高，「可能為了見證某種能力吧，——也許是『能力的某種流行』，」先生也不敢肯定。我思考了好一會「能力的某種流行」這個辭彙蘊含的「原創性意涵」，「——你不覺得那特大號耳朵跟那別墅紅瓦、猴子泳池構成某種說不出的『不諧和中的和諧之美』嗎？」我告訴先生我思索中突然的靈光閃現，卡露斯先生欣然同感「那種說不出的不諧和之中的和諧之美」是「我們原住民九〇年代新鮮的驕傲」。年輕的「史懷哲」拓瑪君是先生常抬出來比戰「平地菁英份子」的原住人選之一，當然需要可以相配、比並的住居之美；排灣古流君不是也說過嗎，「看一個人住的地方就可以品評這個人，」他注意某人某人的住屋內外、同時研究改建「傳統中有現代」的鋼筋石板厝樓房。

四年一度，難得三班輪班之暇阿邦也來同守同參一場、二場「世足」。當話題轉到獵人的小腿時，阿邦即時捧出精裝本「魯凱筆記」第N冊，準備錄寫下獵人的小腿肌。他對老獵人的小腰頗有幾分心得，因為筆記中詳細記錄了傳統獵人的「束腰訓練」，是用腰巾緊纏呢還是以硬板夾緊，是維持十三個小時呢或是三十個小時——卡露斯先生的岳丈是大武部落的老獵人，曾向阿邦展露「老而有型」的獵人小腰，至今阿邦讚嘆不知幾N次那是他有生以來親眼見到的「最有看頭」的小腰。（我的「小腰經驗」是在都市健身房看到的，有位剛退休的收稅員少說也有六十歲了吧，閒來無事就在健身房「鐵與鋼」之間散步，當然是裸著上身的，那夾繃出三層筋的腹肌小腰是要人過目難忘的，所以現在我也想不起這位退休稅吏的臉相，凡人想到他那三層筋的腹肌小腰儼然就是他的臉。）我一直搞不清楚獵人腰巾有多長繞幾匝，硬板是前夾幾塊專攻小腹或前後夾攻腰肉？我也曾坐在那老獵人身旁，喝純煮山豬肉湯不放任何薑蒜的，聽他與族人輪唱山歌唱到心頭火熱時頓足跳起來有丈高且在半空停了一剎，如今想來當然是靠阿邦筆記中的小腰力的。螢幕光明暗不定的卡露斯小腹至少有半個「世足」那般的球大，不能怪業餘獵人比不上傳統科班出身的。阿邦不停在筆記本上動作著，不知有沒有記下「雲豹的意志造就獵人馬拉松的小腿」這樣的獨得之句，但可以肯定筆記中不會出現布農的大耳朵，因為既然宣誓後半生的阿邦「專業奉獻」給了魯凱，除了魯凱的山水草木他阿邦是看而不能見、聽而不能聞、知道也不能記的。逼近破曉時，「世足」終於逼和了「世足」，逼不得已踢十二碼爛球決生死，卡露斯站起身來懶腰同時右腿或左腿晃著晃著做出準備十二碼射死對方的狠勁，阿邦鏡頭當然不放過這四年一度他初次憬見的影像從各種角度「恰擦」「恰擦」下在生死之間的「世足」左右腿。在清晨的鳥叫聲中入睡，不期然我做了有關魯凱英雄獵人伯楞的夢，在他出征前夜，他要族人搬出芋葉堆在他的小腿，隨後他用古傳鑽木取到的原始火燃起芋葉，不多時空氣中就有芋葉小腿肌的香，英雄伯楞命令眾勇士各拿番刀割去一塊他芋葉烘的小腿肉，奇的是勇士越排越多那芋腿肉就更取之不盡有的還吃了兩塊三塊不止——果然隔天黎明，伯楞計謀殺了卡里希的大勇士後，好茶的勇士們在山岩間蹦上蹦下殺敵無數全靠前一夜吃了英雄的烤芋腿：我起身亮燈，提阿邦起來拏出筆記，才覺到恍惚剛上黃昏，我在夕照檳榔暉的屋簷下盯著他記下獵人小腿的英雄事蹟，可補他筆記中有關「傳說」的不足。

為什麼「最後的獵人」是「永遠的獵人」

這就是為什麼卡露斯先生愛在小石板屋前種芋頭為的是讓芋葉隨時隨地堆在小腿肉旁。少年時代，卡露斯曾經跟隨父親學習成為「偉大的獵人」，（至今部落族人還會提及老卡露斯是個「本分出色的獵人」，不幸某同獵經過達來附近吊橋時橋斷喪生溪谷中。）父親教導他辨認山羌或山豬過境後的留痕，除了肩揹袋中的芋頭乾哪些隨地的草木花果可以隨時果腹，此外如何觀察颱風草以及每天不定時變幻的風雲，（不過這些祖先的教導至今不是失傳就是失了靈，譬如用來卜占吉凶的鳥語影響到每天生活的重要活動，現今好茶只存一位「懂得鳥話」的人，而且聽到不祥的鳥語他會很伶俐的用「時代已經不同」的現代語來解嘲。（要是馬偕仙活在今天，就不用時時抱怨他急著趕路去看病時，帶路的嚮導幾度停下來聽鳥語卜吉凶，要是鳥語說不許那馬偕說破嘴嚮導也自顧自回頭大吉。（颱風草活到後現代似乎已經失了靈，大概全球廢污染日囂塵上，造成大氣中亂流太多，不能怪颱風草預測的準度會偏亂了些。）這些少年時代的獵人教育至今留在生命的底層，只要你看卡露斯走在艱難山徑時的那種平易，一雙涼鞋輕盈跳躍過瀑布浮石的那種平衡感。不像我常常一腳踩空半邊屁股跌坐懸崖一隻腳不知懸在哪裏，後來我走山徑時一雙腳必要時刻提在心上，胡思亂想是不允許連東觀西望也不准自己；而先生走在山徑時一心多用，突然見他蹲下來觀察走獸跡痕，突然見他脫下T恤一個箭步歪出去密封住枝垂間的蜂巢。（這些討厭人的蜂子曾經飛叮到貞小姐的髮頸上，我當下看呆了瘋瘋色彩的蜂子成傘狀隊形飛降時的美姿，直到貞小姐蹲著一動不動，我才記得拉下頭頂竹笠亂甩一番，好在蜂子被舞動的笠子看得眼花撩亂一隻隻在頭暈中消失，貞小姐要我看看她叮腫的痛，我蹲下來審視說：恨不得我穿獵人的T恤抵得上十頂平地人編的草笠，不過那腫的紅在髮黑頸白間異樣好看這就值得，是有一種楊枝甘露水可以即時消那腫痛我的唾液是不行的。（所以後來上山的男女老少都穿T恤，胸前印著石板屋廢墟背後是「雲豹的故鄉」，這不僅告知山上的祖靈來者是客，也告誡蜂子不可像對貞小姐那樣亂來。）還一回在山徑旁休息時，頭上突然發現盤著一條百步蛇，卡露斯沉聲叫人不要動，他自喉嚨發出一種「從原始到現代」的粗中有細噺，想必那百步聽了知道來的是牠祖先的好朋友的後代子孫，蠕動離枝而去。——但這些少年時代的獵人經驗差不多被二十年的都市生活磨掉了，卡露斯先生重回部落時見到目今猶存的老獵人還堅守著傳統的獵人生活，他幾度坐在老獵人家中滿壁高掛著各種深山動物的頭骨、牙床、皮草，他體內一股「原始的失落感」濃烈到讓他立地發願要重新學習同時實際體會「偉大的獵人精神」，在他四十七歲這年初春。

他學習做陷阱放獵夾。用獵槍遠比獵刀方便安全又有效率得多：難怪祖先們為了抗繳獵槍，不惜對決殖民政權的大砲。獨自一人夜晚出獵，因為白鼻心愛吃雀榕的嫩葉，手電筒光一照牠的眼睛就呆了在那瞬間獵槍毫不留情；阿邦說他親眼見獵人卡露斯肩披白鼻心扛著獵槍入屋時的神情，「有一種特異的神采，」我說那神采傳自獵人祖先共有的榮光。先生即時請過老獵人看如何依牠骨骼架構剖開獵物的胸腹而不傷了牠的血脈內臟，哪些必須馬上處理掉，哪些可以保存帶回山下部落——這些過程阿邦的鏡頭都作了影像記錄，但我建議他不必發表這些照片，因為正值「生態保護」時興的年代，容易讓人「誤會」卡露斯先生。作為人子，先生的孝心表現在他會把最好吃的山羌後腿帶回給平地的母親，當然所有偉大的獵人是不吃自己的獵物的。我一直不了解為什麼獵人不吃自己的獵物？「只有偉大的獵人不吃，」卡露斯先生稍作解釋：獵人精神的偉大就在於純粹分享，在動物蛋白質取得困難的時代，獵人抽著菸葉嚼著檳榔看著妻兒族親大啖獵物的肉而毫不動心，可以想見獵人之所以獲得尊敬到近乎成為部落英雄的地步，全在於這「自己千辛萬苦得來的自己全不享受」的偉大能耐。我姑且借用「學者專家的觀點」補充一下卡露斯：原來，就偉大的獵人而論，他的「偉大性」寄託於他自身充分意識到自己每一次出獵都等同履行一次「生命祭儀」，職是之故也乎斯基作為生命祭儀的男主角當然不好意思在眾目交渴中大吃自己的犧牲，他決斷一生把犧牲分享給眾口，同時替獵人贏得了「偉大性」，也成就了犧牲者牠一生成長作為「犧牲的偉大性」。（有一回，獵人先生下到台南，帶來一隻山羌的小前腿，當夜夜半肚餓醒來，摸黑啃著那小腿，一面想起這小腿在深山歲月中一分一寸成長到這般原是為我今夜而備的，當下我努力啃牠啃到牙床發腫才不辜負了牠小腿一生。）

並非禁獵，才出得現「最後的獵人」。卡露斯先生談一年來實地體驗獵人生活後的感悟：每一個偉大的獵人都是「最後的獵人」同時也是「永遠的獵人」。當他走在只有獵人的腳才走得出來的路（所謂「古道」原是獵人小徑）當他追蹤獵物陷入不見天日的密林中面對自己的孤獨時，（「人類」研究學家發現人終究最難面對的是自己的孤獨，尤其被隔絕的孤獨感；古時的監獄學專家也老早發現懲罰一個人最殘酷的方式，便是把他放逐到無人小島上或終年獨自一人關他在牢房裏不出幾年他就自己瘋掉，（貞小姐說她做夢看見一個人被逐到冰天雪地的木屋中，一年後他放棄原先所堅持的「主義理想」，兩年後他放棄妻女親情，三年後不見任何人類；我說這是可能的，不過妳夢中那孤獨的人走到一個極端成為「冰人」，另一個相反的極端是成為「瘋狂的愛人」，而在兩極之間最可能的是成為「孤獨的愛人」：愛人同時是孤獨的人，這種愛人是最難去愛的因為他攜帶著「難纏的孤獨」。）當他獨孤一人碰到偉大的獵物時，（譬如排灣大社「偉大的獵人沙布地」兩度碰見真正的台灣黑熊家族，兩不相識第一次熊爸爸和他打了起來，「畢竟偉大的獵物輸不得偉大的獵人」據說雙方鏖戰三個小時誰也吃不了誰；第二次雙方遠遠相見到時都楞在原地凝視對方據說足足三個小時誰也不想動誰，（所以偉大的獵人合該死在偉大的獵地，方便偉大的獵物率領家族來憑弔「曾經那時」。）當他輾轉徘徊好幾天碰到一隻可以打得的獵物時，（他察覺所有的獵物都遠離他的獵區，那麼便是他「偉大的時辰」快要降臨了，祖靈潔淨獵區好用來與他「單獨對話」，祖靈將會讚揚他作為獵人的偉大一生同時告訴他「是休息的時候囉」。（因此當你眼見一個偉大的獵人頭一次空手而回而臉上洋溢著幸福的光彩時，你知道有某些事在偉大的獵地發生了，但你不能問也不必問因為偉大的獵人這時身在「渾不自知」的境地，他只會以一種「神秘的微笑」回答任何不是問題的問題。（之後，你還會看著他出獵，但似乎是不定期的，似乎總在獵區待上長短不一的時間，似乎空手回來的多，但他照樣出獵，出獵時經過部落巷道族人從窗內望見：是一個更像偉大的獵人的獵人，光從他走路的姿勢以及他經過時跟著拂過的一陣和風。）這時，你可以感覺到這個「偉大的獵人」是「最後的獵人」也是「永遠的獵人」了，他白天在獵區遊走，遊走而不是追逐獵物，獵物經過他身旁不遠處，他可以辨認那是山雞、山羊或祖靈的朋友雲豹，他習慣舉起槍或箭來瞄著但不會射出，他是獵而不獵射而不射了，他躺下來平靜地看著星辰日月、感受周身的山巒雲霧：他會一再如此回到他的獵區，是真正一種回到家的感覺，而不是出獵。「所以每一個偉大的獵人，」先生的語調有一種喜悅和悲傷，「都是最後的獵人，也是永遠的獵人。」

我們感動得無言以對。阿邦翻開新一頁筆記，寫下標題：為什麼所有獵人偉大的都是最後的獵人或是永遠的獵人。不過，先生感嘆，近一年來他怠懈了「文化保存」的寫作，大部份為了體會獵人精神的實質，「獵夾一放下去，回來後自己的一顆心就懸在那獵夾的機關上，」可能隨時會有獵物一不小心就踩上那機關。我了解這種「心為物所繫到不能自己的地步」。有回正是清晨咖啡時間，一位貞小姐的朋友突然提及她一大早上山散步，見一隻飛鼠被夾傷了一跛一跛走過她前頭，我發現卡露斯的眼神瞬間亮起了「異彩」，（阿邦當然馬上離座用他的鏡頭獵眼捕捉這異彩難得，）卡露斯詳細詢問那跛腳飛鼠的發現地點，見者只能肯定是在第一與第二瀑布之間，先生反覆啜著咖啡反覆詢問那獵物長相如何、毛皮如何、走路的元氣如何，耐到最後終於電召來神學生拉拜即時配上番刀趕去截住獵物，拉拜君臨出門時告解說：他是不夠格的獵人，不過體貼那東西跛了腳已經失去生存競爭能力不抓回來也活不了多久——剩下來的咖啡時間，便是等待獵物的美好時光了。我們喝完咖啡，再泡茶，「那是白鼻心，」卡露斯說明，「就是你們說的果子狸，肉嫩好吃。」一個半小時後，兼任獵人拉君回來說遍尋牠不到，可能有其他獵人捷足先抓，因為他在登山口見到停著別家獵人的機車。（阿彌陀，我聽見貞小姐細聲告訴果子狸：趕快飛到雲深不知處。（「果子狸是好吃，」阿邦安慰卡露斯。（拉拜君說要回家補眠，不然人家可不讓。）好在，卡露斯先生肯定告訴我們：這個「獵人體驗時期」似乎已經過去，他又要回復作一個單純的寫作人，畢竟他最後、永遠放不下「文化保存」的工作是何等重要。我們為先生這番話舉杯乾了茶或咖啡；阿邦找到昨夜喝到見底的酒瓶倒出來還有半杯，為了表示隆重，先生和我合乾了這半杯公賣的琴酒。

這夜，在卡露斯的木床上我輾轉不能成眠。（我近兩年患的失眠症由來如此。）直覺要我思索「獵人的精神以及他的實際」。今天，已經不再是單純需要動物性蛋白質的時代，每天或隔天有小貨車深入部落來賣魚賣肉，部落住家也養雞養豬還養羊。但幾乎所有有智識的部落人氏都肯定「獵人精神」是他們傳統寶貴的財產，我也在更深山內的部落見到二、三十歲的年輕人同老獵人一般過著「傳統的獵人生活」，至今他們還用無形的標誌清楚劃分著各自的獵區，——那麼，必然這「獵人」的動作本身有它滿足作為一個人的生命、或者更進一層說「有尊嚴的生命」。激進的原住民知青把「獵人精神」帶入「運動」中成為抗爭精神的原動力，在最近一次「反水庫運動」中更把獵人精神提升到「出草精神」，當然出草是宣示一種「誓死不退」的決心，期望以「傳統最崇高最具價值的動作象徵」來逼使現代政權轉而面對從而退讓，但，這嚇得了有科技武器軍隊作後盾的中央集權式的現代政權嗎？我不敢肯定也不否定，如今任何政權都在發達的環球資訊的羅網中，一舉一動都要考慮它的互動，何況九〇年代是世界原住民復活、重建的年代。卡露斯先生不必要成為「真正的獵人」，一個獵人必然無視於「本來就不需要的文字」，而先生的特殊性在於他使用漢語的語彙典雅恰當勝過平地漢人，將這樣的語彙能力轉換成文字不會是吃力的工作，用文字來記錄自己族群的傳統到現代卡露斯可能是魯凱目今的不二人選——雖然我並不標高「文字」，但顯然文字是較能傳之久遠的東西。同時，我也了解，有人反對文字，認為文字「固定」了本來活生生的東西，他們寧願堅守「口述歷史傳說」的傳統方式，因為「即興的創造」可能隨時加入來，在多次反覆的口述中任自然淘汰祂自要去掉的，在長遠時光之中永久保存一種鮮活的口語傳統——我並不反對，在如是的觀點前，我不得不承認自己是個保守近乎陽痿的「文字工作者」。當睡意愈濃，繃緊的腦神經逐漸崩解時，有道聲音襲入我的內在，我矇矓感覺那是卡露斯的祖先傳話給我，但同時我洞然覺知那是發自我內在的直覺：並不一定要放棄什麼不可才能寫作，何況要放棄「獵人」這樣重要的、代表性的傳統？「打獵」和「寫作」可以整合到一種新的和諧，打獵不忘寫作、寫作不忘打獵，——我們原住民手工藝的能力不是你們都市文明人的手所能相比的，實質上打獵時就在寫作、寫作時就在打獵，如是寫作和打獵兩者達到「同時性」的境地，「作家卡露斯」同「獵人卡露斯」就合一不二了。

「我更捨不得死了，」阿邦・卡露斯說，「人生多麼美啊——」

有時我在黃昏時候告別好茶，夕陽正在溪谷之間，而潺潺的流水不斷流淌而去，我們知河流都歸向大海，但我常想那萬年處女瀑布之泉流瀉下來只為了歸向夕陽，它的自然化妝水可以千變萬化夕陽的胭脂。我凝視著這樣的夕陽，常心想我是不會再回到這個地方了，因為人不能一再的回歸，回歸是為了最後的寧靜，而在不斷的回歸之中沒有那種寧靜。

我在好茶以及周邊的魯凱部落還有不少微妙的感覺和動人的經驗。但我不願將「小說」編織成「故事」，讓合適編入的成為小說的一環，不合織路規格的狠心割捨它。我直接寫下幾個「微妙而動人的」，作為這篇小說的尾韻。——我一直替今年五月過世的第二人瑞一〇四歲里阿斯感到抱歉，自從某個午後黃昏前阿邦在國小圍牆旁發現下田回家背駝物到近乎水平的「對象物」之後，他開始跟蹤、埋伏獵取鏡頭；里阿斯在她過世前一年多吧突然冒出這個年輕小子對著她猛做什麼，有時她也會駐足停步兩秒隨後又看著地面走她的路，我幾乎可以肯定里阿斯的臨終之眼從來沒有「正視」過藏鏡人阿邦，但即使如此，阿邦還是拍出他的人像傑作。在高雄某藝術空間展出時，他把里阿斯的側臉放大置在入口對面壁上，聽說藝術空間的小姐都「愛死啦從來沒有見過這麼美麗可愛的老人」，都發誓哪天輪班有空要上到好茶握一握老人的手臂不說話也是一種生命的美，當然都市小姐尤其藝術的容易感動何況輪班之餘又有要事。（我刻意一談里阿斯，因為必要表明這位「被拍攝的對象」從來沒有接受過拍她的人與鏡頭，但還是拍了，而且拍出藝術的傑作，當時沒有現在我也不願用「侵犯人權」這樣的大帽子來壓阿邦，我只替「藝術」承認藝術的可惡與可愛就在於此。）

我初次到好茶時，雕刻大師力大古下葬一星期，我們都到部落東方山坡墓園上默禱。當時最引我興趣的是在他女兒住家前馬路下方的工作坊，鼓風箱打模子圓鐵柱成疊的木塊，還有一座靠內石板壁的木床，床上木樑爬著雕刻的百步蛇垂首下來：我在力大古的工作坊又躺又坐了整個下午，感受他工作時的氛圍：工作寮下種著芋葉田，風是透過檳榔林間被每一片芋葉烘過的三月和風，臨寮西望是山脊交疊的溪谷，黃昏夕陽胭脂會來撫慰力大古的晚年的眼睛。一年後，工作坊內裏凌亂不堪，鼓風箱已經不見，那隻從樑上懸下來的百步蛇大約隨了力大古去，木床已經崩塌，雕刻用的木塊被拿走當作烤肉木材；兩年後，芋葉爬上了工作寮的屋頂，工作坊內髒亂頹敗，只剩那打硬物用的圓鐵柱兀自矮矗在那裏，而附近新建的公營民宿客棧的奇形建築逼近工寮，風吹來是混凝土和沙石的風塵味。（力大古的工作寮一直存在我心中成為某種情結，既然是「好茶第一雕刻師」，卡露斯甚至讚許他為「魯凱近代雕刻大師」，那麼他晚年的工作坊應該彌足珍貴了，好茶人應該原封不動的保存下來，說不定開放觀光後成為熱門的一個觀光據點也說不定。我似乎曾經提及但我不能怪卡露斯沒有用心到力大古的工作坊，也許他今天在古茶布安寫作力大古雕刻成就足以堪稱「大師」，就是他卡露斯命定要為力大古做的一件事。我不是好茶人，人生經驗告訴我不必講不合身份的話，魯凱的事魯凱人自有主張，所以力大師的雕刻一件一件被金錢收購離開好茶，——作品都不留，留那不起眼的簡陋工作坊做什麼。我想，力大古無奈但他寧願他的工作坊崩垮，因為將來來觀光娛樂的眼睛想必無能同感他晚年黃昏凝視的夕陽。（但我有憾恨，我恨我永遠保持「作為一個局外人」的「觀照」的清澈的眼睛。）

啞巴朋友突然過世令我們傷懷。我從阿邦的照片看到他躺在透明棺蓋內的臉沒有喜或怒一如平常。我常想，啞巴是好茶的「巡行者」，上天派他來好茶、舊好茶散步一生的；往往我們在廚房唱歌，他會突然出現夜暗的窗外，卡露斯邀請他進來，他搖搖頭表示夜晚的巡行差不多了他要回去睡覺。我常在夜晚站在他家屋旁側，看電視螢幕的彩光自封閉的門窗明暗不定，間夾著啞巴高興的吼聲。啞巴也是阿邦鏡頭的主角，他是唯一看阿邦相簿看得最仔細的好茶人，但我相信他看過就忘了，不像一般人看到好的就印象深刻到非占有它的地步不可。我曾在卡露斯先生的筆記中看過一張照片，照片中的啞巴穿著灰色西褲白色套頭圓領毛衣外套著西裝，當時他可能站在舞台上，渾身舞著森巴味道的那道姿勢，我猜想在我見到啞巴朋友以前他是否有一段不一樣的人生？（卡露斯常思考啞巴朋友「存在的意義以及他生活的美」，我鼓勵他寫個短篇小說將這個主題呈現出來。啞巴不是不做事的，他有一雙巧手，部落中家屋改建的工事常見他在那兒幫忙。部落中有喜慶祭儀的，他是唯一沒有傳統魯凱盛裝穿的人，除了牧師穿不得外。（當我在夜暗中凝視著他螢光閃閃的門窗，我是在思索一個終生封閉在深山部落的人，發出如今好茶文明人已經發不出的原始笑聲。「沒有意義就是他的美。」但我一定忘了告訴很忙的卡露斯這句話。）

百合花有一種「恬淡帶豔」的香。恬是舌心的靜，淡而帶豔就有冷魅的熱情、熱情而不離冷魅，是我心靈映像中魯凱女人的影像。如果你走遍霧台，你會被四處可聞的百合花香所傾倒，尤其夜霧迷漫霧台時。如果你見過霧台巴蘭小姐，你一定由衷覺得這個族群生活在我們土地有足夠長久的時間，才能蘊育出那樣自然大度的動作和氣質。巴蘭小姐驕傲的說，「百合是我們的族花，」她養百合在窗旁花圃，還供在客廳的水盆圓缸。（我從不知道什麼是公認代表「台灣族」的族花，象徵我個人的「生命之花」的是「含笑」。含笑花瓣比百合斂小得多，鵝黃色的含笑也比不得百合那種「可以白出黑夜」的潔白；含笑有一種清淡微甜的香，像並攏膝腿靜坐梳著圓整髮髻的婦人的那種端莊。）巴蘭小姐平常在家也披洩下來過腰的長髮，你光瞥一眼伊的蛇腰就有一種「冷魅」襲上心頭，她轉過來同你說笑時你感覺那就是純白花瓣中間那散開成扇的胭脂紅，同時那中規中矩到不逾矩的語言風姿不愧山中百合巴蘭小姐。

入冬，我們在古茶布安卡露斯小石板屋相聚，卡露斯燃起熊熊的灶火，烤著阿邦帶上山的平地三層肉。先生談起最近蜂湧的「運動」他已有把握作「選擇性的參加」，阿邦輪班之餘也盡可能「作選擇性的參加」；對於「運動」，我習慣「善意的缺席」。我凝視著灶火，感覺有什麼東西在我們之間流失，畢竟已經三年了，——好在，我視線移開灶火的瞬間，恍惚我看見一個新的個體：「阿邦・卡露斯」正用心切著不加料純烤肉。先生說到最近做田野調查時，有一位昔日父親的好友抱著他痛哭，問，「有沒有那種睡覺時自然死掉的辦法？」先生也陪著哭。我告訴先生：我在南投內山一家「精神重殘療養院」那年，見一個二十五歲左右年輕人，終年睜著清澈的眼瞳，終年打點滴他故鄉家園栽的檳榔汁，終年躺著一動也不動，脈搏正常，量無血壓，這樣有七年或八年，又聽說已過四十歲，有時看起來十七八。（我沒有哭，每回經過我會坐在他清澈的眼瞳旁，凝視著那清澈一動也不動。）午後三時，我們道別，先生說時近歲末，他有一種心情必要送我們下到紅櫸木。小石板屋外，迎面北大武依舊壯麗雄美，仍然讓雲霧帶著詩意的神祕。我們坐在紅櫸木祭台，沿著山脊順著溪谷遠望夕陽暉光下高屏平原浮著一層塵霧的迷濛。「我更捨不得死了，」背後傳來先生的嗓音，「人生多麼美啊——」無答話也無回首，我眺望極遠處接近一線地方洶湧著海的浪濤。我感覺著先生衷心的感言，但我不確定我相信，我也不確定先生自己真的相信。迫近黃昏，我們在紅櫸樹下告別，先生回去屬於他的古茶布安，（我感覺只有此時此地古茶布安是他的理想國烏托邦，）阿邦機車放在新好茶他必要先走一步趕回去上大夜班，我慢慢下好茶出水門預計午夜時分可以回到故都台南。「我也更捨不得死，」我微笑向阿邦・卡露斯，「人生多麼美啊——」

後記

九〇年，我離開十年淡水小鎮，出發去看猶是陌生的台灣山水。

九二年，我停駐在一個叫好茶的部落及其上的廢墟古茶布安，因為阿邦和卡露斯先生。

卡露斯先生有心以文字記錄魯凱的文化。阿邦則發願後半生以攝影「專業魯凱」。

九四年底，我寫了六萬字〈思索阿邦・卡露斯〉。我無意寫成「原住民文學」或有關原住民的「歷史小說」。我本就帶著「我的當代」進入魯凱，無法疏離我的當代純粹、客觀來看魯凱，也許我後來找到一個合適的形式，讓傳統與現代的魯凱同我的當代互動、交融。

這中間，阿邦開了多次有關魯凱的攝影展。卡露斯先生也在九六年出版了他的第一本書《雲豹的傳人》。

我續寫《思索阿邦・卡露斯》，也許因為還有動人的人物和經驗，也許因為小說的完整性。

台灣的山水，原住民部落的滄桑，我渾身洋溢著的我的當代：這三者每一貼觸，讓我感受到一種生命沉靜的美。

說感謝並不夠。我懷念卡露斯先生、阿邦、貞小姐。

內頁照片注釋

頁二〇，魯凱傳統圍舞。帽飾大冠鷲的羽毛和百合花，前者是頭目之家所獨有。黑色是傳統服飾的底色，胸配琉璃珠串，褶襬有鈴鐺，百步蛇和陶甕也是頭目之家所獨有。

頁四二，剛自田中回來的婦人，頭飾蕃薯葉。

頁五二，力大古雕的百步蛇。力大古，舊好茶人，以木雕聞名，逝於一九九二年。

頁八二，舊好茶廢墟中頭目之家的祖靈柱。力大古雕刻。

頁九二，新好茶家屋壁繪。武士之家，武士右手把著彎刀，左手攫個人頭。

頁一四二，新好茶頭目之家，庭埕有祖靈碑。

頁一六八，日常生活中的雕刻。

頁二一八，新好茶家屋壁繪。

頁二三八，舊好茶部落面對北大武山。

我所認識的舞鶴

奧威尼・卡露斯

我和舞鶴第一次見面是在民國八十一年的春天。那時，他是隨行在一羣山地研究會的成員來到西魯凱名叫啦布安（Labuane）的部落做例行田野調查，在領隊洪國勝會長的介紹下，才初步認識這一位台灣當代文學史上一顆新彗星。

他寬厚而結實的中等身材，上下穿著樸素淡色的春衣，原質露白的膚色明顯的是不經常曬太陽的人。從他穩靜斯文的容貌，飄逸著文化之都台南特有的舉止，偶爾散發出一股台灣原住民特有的氣質與漢人稍微不同的魅力。他留著小長髮戴著有色的近視眼鏡，似乎在凝望著遙遠的事物。心情疑惑地想要透過兩塊玻璃看著他神祕的眼神，只見濃縮的外景小小的世界和自己的照映。這個是當初見面所給予我的第一個印象。後來我和阿邦與他面對面相談時，覺得他說話溫柔親切誠懇，低沉的聲音帶一點閩南語口句，而他始終是擅長聆聽別人言語的人。

我們第二次見面是在舊好茶。那一年，傳統雕刻家力大古（Lhidaku）老人家才剛過世不久，他隨著在春節上來度假並緬懷故人的人羣。那時，二十幾位成員住在力大古的老家，晚上在前庭星空下圍繞著營火交談著有關魯凱好茶人的種種問題外，重建舊好茶復興石板文化是重要的話題，第二天，因為度假性質，生活不刻意形式化，因此才多一點時間親近深入交談。短短的三天快樂的假期很快過去，但對我來說是個永恆的回憶，因為我第一次看到他像孩子一般天真浪漫地玩耍。那一天晚上，旁邊一位美人依偎著他坐在力大古的石板屋頂上，他們兩人仰天觀星，讓人誤以為他們即將進入愛情的夢幻世界。也因為那一次的機運相遇，在我生命中發生重大的轉折，因為他建議我試著為阿邦的攝影記錄寫背後內容的部分。此後，我和阿邦兄弟倆多次與他接觸並透過他不厭其煩的指點和鼓勵之後，《雲豹的傳人》之初稿才陸陸續續發表然後順利成冊出版。是的，我就是被他這樣帶進文字的激流漩渦之後，再也出不來並且無怨無悔。

我們的相遇是祖靈的指引。當我離開教會事務的工作回到老家，只是帶著一本單純的心情，因為已經厭倦了平地漂泊的生活，一方面想逃離煙霧塵灰瀰漫的都市以及雜亂淫蕩不安的社會，一心想回到祖靈的懷抱。重建已廢棄十幾年的家園，過寧靜安逸的生活，當初的想法只是如此而已。這種離羣隱居的想法對家庭和大社會來說是一種很不負責任的態度。對我自己而言，如果只是個人的理想沒有社會化的正確目的也是一種冒險。我如是一隻孤鷹振翅飛翔浪漫地想在當我即將邁入中年的人生時海闊天空，此時，他便出現並指引我一個目標——寫作。自從我在舊好茶開始寫作以來，才恍然領悟「活在生命心靈」的喜悅和藝術之美，「雖隻身孤獨但內心永遠是不寂寞的。」

他是我的袍澤也是恩師。舊好茶下來之後的那一年，我們不斷地接觸，甚至於有過一段時間在新好茶的家兩個人一起生活。在那短暫的平凡生活中，彼此相親如兄弟又是朋友，圓桌、琴酒、燈光下對坐，不是交談著內心的話便是歌唱歡笑。彼此互相不隱瞞自個兒的私生活，他提到曾經有過華麗浪漫的愛情往事，但他是情海沉浮只是陶醉不迷戀的人。他也有過婚姻生活，但如今，他仍然依如是他的筆名「舞鶴」過著「孤鶴獨舞林中」的單純生活。也有過淡水隱居生活，他試著從哲學和禪學尋找另一個「自我」精神平衡點，十二年的隱居生涯，最後還是選擇回來歸順他當初的信仰——文學藝術。

他總是看得開人生的起起落落。我們認識的第四年也就是民國八十五年初的那一年，我因痛失愛子么兒車禍身亡而精神幾乎崩潰。在啦部安家裏為他守喪除忌之後，依然離開妻子和兒女家想在舊好茶老家靜一靜，帶著哀痛的心靈緩緩走在曲折的山徑歸途中，那時他和阿邦還有一位名叫 Ama 的姑娘三個人從舊好茶下來，恰遇在他們回程約三分之二的途中。他看到我孤獨地傷心落淚，決然和 Ama 兩個人折返陪我回到舊好茶。還記得那一天是春節剛過完不久的二月初，我們走過陡陂峭壁來到紅櫸木樹蔭下休息，兩個人坐在大石板上相對無語含著眼淚疑惑著死亡對無知少年的摧殘蹂躪。我情不自禁地流出泉湧般的淚水中不斷地呼喚：「愛兒！你為什麼離開我？為什麼……」時，他以感同身受的眼神開口說道：「孩子終究是走了，已經是無法挽回的事實，何不把這個事情從另一個角度視為『生死是自然的定律』。」的確，生和死不是生命本身的決定而是自然定律，而且無一倖免那一刻只是先後而已。生命本身永遠是在不確定中，如何在這短短有限的一生掌握才是我們唯一的責任。但對任何才剛吐出嫩芽的小生命來說是非常不公平的，至少我心中這麼認為，所以我才那麼痛苦悲傷。那時我們彼此無言以對，於是他突然地口中輕輕唱著蕭邦的一首曲子，「井旁邊大門前面有一棵菩提樹，我曾在樹蔭底下作過甜夢無數……。」他低沉的歌聲伴隨著淒涼的微風輕輕搖動著櫸木的新生嫩芽，那時，我愛慕著往事當我帶他和他的哥哥回來舊好茶老故鄉過獵人祭的情景，而如今，想到他永不再來時，遺憾和痛苦交織於內心的深層宛如陣陣浪潮起落。「生死榮枯是神明設定的自然定律」外，人生唯一留下美好的回憶，只是那一段「生命春意盎然，斜陽裏全家和樂融融」的氣息。他又補一句：「人生並非一定需要這種悲慘的經驗才能增長，但是事情既然發生了，何不把它看待也是另一種生命昇華為永恆的過程？」我相信這個是所謂的真理，但情感談何容易又奈何？我的兄弟舞鶴、他就是如此陪伴著我的心靈。

又一年，兒女的母親因憐愛么兒而追隨而去，造成孤子遺女面臨無以甘露斷炊的邊緣，他們的叔叔、舞鶴常常是我們靠岸的安邊。我並非不知道，再偉大的作家，如果沒有豐沛的背景，大多數都在饑餓難捱的邊陲，而他即使是手中僅有的一塊地瓜，可能是最後的一餐，他永遠是切一半伸手分享。

「文學」這個名詞因抽象得太迷人，所以一生都在追求她的神祕。我試著從他的作品《思索阿邦．卡露斯》入門，但是讀他的小說感到非常吃力又難懂，除了是文學深度之外，長長一口氣才有句點，再來是不分段，又是閩南語口句和深奧的用詞，對漢文化了解不深的我就更加困難。讀了他幾本作品，用蛀蟲啃蝕法之後，才領悟出一點並了解他內心的世界，但我仍然對「文學」不知所以然。對他的文學內涵，我如是一位無知的少年來到一處陌生的叢林，意圖探求好奇他神祕的文學藝術色彩。而假如我感知一些而認為可能是文學的時候，除了是欣賞他內心有豐富的想像和深刻的情感外，從文明和主流社會思想觀念誤「以為是」的時候，我總是在懷疑但也只有相信真相。從所謂「禁忌」中他尋找合理性，從「頹敗淫穢」中尋找人性的玫瑰，甚至於從堆積的穢物中尋找遺落的珍寶，這個是令我陶醉他文學的原因。我深信不僅僅是他個人「孤鶴入林獨舞」的地方，他也正在納入各種不同族羣生命旋律和心靈的歌聲，正如原住民卡露斯被納入在他的「原本造化，順其自然」的所謂「本土化」理念之中。我如此想，花僅有的一生和努力去追求也在所不惜，這個同時，似乎聽到畫眉鳥歌唱著：「聽！我優美華麗的歌聲，可是我永不會唱大冠鷲的歌啊！」

我讀過一些小說名著，大部分作者都是以第二、三人稱的角度來描寫事物現象，像一位神聖的天使看到人間事故，如海明威的《老人與海》一書。如此的寫法也許是為了客觀，但是舞鶴說：「寫小說要客觀是假的。」難怪他的作品，都是以第一人稱「我」詞來做開場。因為如此，他的書令人注目不僅是他個人生命的經驗和歷練，從不迴避在淫穢頹敗真實的經驗裏勇敢地陳述表白。他寫作如鷹飛翔百無禁忌，這種坦率的特質正說明他的小說為什麼有這麼大的說服力的原因，也是他的文學藝術魅力所在。

我真佩服他敏銳的洞察力和豐富的思想。他從來是不帶筆記、照相機、錄音器等這些工具，因此和他相遇所給予的印象是心裏一點不有壓力。他來山上通常是帶些菜和一瓶好的洋酒，何處相見就地相敬，彼此言歡，之後，便是酒意微醺隨意出口的交談、玩笑和歌聲，甚少談起嚴肅性的話題，可是從他的作品《思索阿邦・卡露斯》一書劇中人的行為活動和思維整個情節，卻描述得淋漓盡致，微妙微肖，而他有這種能力，也正說明他自己假如有多一點機會融入各種不同社會族羣，或許會帶給我們意外的驚喜——震憾人心的小說。我們期待也祝福！

奧威尼・卡露斯，魯凱好茶作家，著有《雲豹的傳人》、《野百合之歌》。

國家圖書館出版品預行編目資料

思索阿邦・卡露斯 / 舞鶴著.-- 初版. -- 台北市 : 麥田, 城邦文化出版 : 家庭傳媒城邦分公司發行, 2002〔民91〕
面； 公分. -- (舞鶴作品集 ; 2)
ISBN 957-469-874-2(平裝)

857.7 90021855

舞鶴作品集 02

思索阿邦・卡露斯

作　　者　舞　鶴
責任編輯　林秀梅

國際版權　吳玲緯
行　　銷　艾青荷　蘇莞婷　黃家瑜
業　　務　李再星　陳玫潾　陳美燕　枏幸君
副總編輯　林秀梅
副總經理　陳瀅如
編輯總監　劉麗真
總 經 理　陳逸瑛
發 行 人　涂玉雲

出　　版　麥田出版
城邦文化事業股份有限公司
104台北市中山區民生東路二段141號5樓
電話：（886）2-2500-7696 傳真：（886）2-2500-1966、2500-1967
E-mail：bwps.service@cite.com.tw
發　　行　英屬蓋曼群島商家庭傳媒股份有限公司城邦分公司
104台北市中山區民生東路二段141號2樓
書虫客服服務專線：(886)2-2500-7718；2500-7719
24小時傳真服務：(886)2-2500-1990；2500-1991
服務時間：週一至週五09:30-12:00；13:30-17:00
郵撥帳號：19863813　戶名：書虫股份有限公司
讀者服務信箱E-mail：service@readingclub.com.tw
歡迎光臨城邦讀書花園　網址：www.cite.com.tw
麥田部落格：http://blog.pixnet.net/ryefield

香港發行所　城邦（香港）出版集團有限公司
香港灣仔駱克道193號東超商業中心1樓
電話：(852)2508-6231　傳真：(852)2578-9337
E-mail：hkcite@biznetvigator.com

馬新發行所　城邦(馬新)出版集團【Cite(M) Sdn. Bhd (458372U)】
41, Jalan Radin Anum, Bandar Baru Sri Petaling,
57000 Kuala Lumpur, Malaysia.
電話：(603)9057-8822　傳真：(603)9057-6622
E-mail:cite@cite.com.my

設　　計　黃瑪琍
印　　刷　宏玖國際有限公司

初版一刷　2002年2月1日
初版四刷　2016年5月30日
定價／220元
ISBN：957-469-874-2

城邦讀書花園
www.cite.com.tw